밤을 걷는 여자아이

밤을 걷는 여자아이

델핀 베르톨롱 지음 권지현 옮김

 씨드북

2017년 7월 7일 금요일

소나무집

밤 10시 31분

이사 온 지 이틀밖에 안 됐는데 벌써 불안하다. 학교에 가려면 아직 한참 남았다. 온종일 할 일도 없고 심심해 죽겠다. 고양이라도 있었으면 같이 수다 떨 수나 있었을 텐데……. 그럴 수 없으니 이 공책을 펼쳤다. 갈색 커버를 두른 크고 멋진 공책인데 벽돌처럼 두꺼워서 꼭 마법서같이 생겼다. 아가트 이모가 5월 21일 내 생일에 선물로 준 공책이다.

"말로, 친구들과 헤어져서 힘들 거야. 여기에 네 얘기를 적어 보는 게 어때? 도움이 좀 되지 않을까?"

이모를 좋아하긴 하지만, 그 생각은 좀 바보 같았다. 일기는 애들이나 쓰는 거니까. 그런데 내 생각이 틀렸다.

잠깐 과거로 돌아가 보자.

지난 3월, 비 오는 밤이었다. 아빠가 '반가운 소식'을 안고 퇴근

했다. 나는 비디오 게임기로 거대한 돌연변이 괴물을 죽이고 있었다. 얼마나 열심히 괴물을 때리고 있었는지 아빠가 하는 말이 바로 한 귀로 흘러 나가 버렸다. 손가락도 멈출 수 없었다. 나는 한참 게임에 물이 올라 진정한 살인 머신으로 거듭나는 중이었다.

그리고 드디어 괴물을 물리쳤다. 게임 끝!

얼마나 신이 났던지 비명을 지르며 게임을 끄고 승리를 만끽했다. 나는 아빠의 악력기를 집어 들었다. 악력기는 손아귀 힘을 단련시키는 작은 운동 기구다. 색소폰처럼 여러 개의 키가 있고 키에는 용수철이 달려서 누르면 근육을 발달시킬 수 있다. 기타리스트인 아빠는 매일 악력기로 운동한다. 아빠는 재미를 위해 음악가로 일하고 돈을 벌기 위해 기타 선생님으로 일한다. 게임을 매일 한 시간 이상 하지 않겠다는 약속을 지키면 아빠는 내게 기꺼이 악력기를 빌려준다. 이런 약속에 불만은 없다. 내가 하고 싶은 일은 게임 말고도 많으니까.

앗, 자꾸 딴 길로 새네.

그러니까 여느 금요일 저녁처럼 나는 악력기를 누르며 거실을 돌아다녔고 잔은 태블릿으로 〈겨울왕국〉을 보고 있었다. "렛 잇 고오오오, 렛 잇 고오오오!"를 반복해서 듣다 보면 정말 미쳐 돌아 버릴 것 같다. 아무튼, 모든 게 정상이었다. 아빠가 새엄마를 부둥켜안고 아카데미상을 거머쥔 디카프리오 저리 가라 할 만큼 기뻐하는 모습만 아니었다면.

"아빠, 복권 당첨된 거야?"

내가 묻자 아빠가 대꾸했다.

"거의!"

"'거의' 당첨되는 게 어딨어? 당첨됐다는 거야, 아니라는 거야?"

"당첨됐지! 아빠가 드디어 남부 도시 님에 있는 음악학교의 정식 교수가 됐어!"

나는 깜짝 놀라 악력기를 떨어뜨렸다. 아주 잠깐 동안 지붕이 열리는 포르셰를 타고 미국 플로리다주의 도로를 전속력으로 달리는 상상을 했다. 조수석에는 여자친구를 태우고, 뒷좌석에는 친구들을 태운 채 말이다─난 이런 상상을 할 때면 열여섯이 아니라 스무 살 내 모습을 떠올린다.

"이번에는 확실한 거야. 말했지? 반가운 소식이라고!"

아빠가 신이 나서 말했다. 이 '반가운 소식'은 내 뇌의 미끄덩한 네트워크에 접속해 번쩍번쩍 섬광을 일으켰다.

"그럼 우리 이사 가야 해?"

내 말에 새엄마가 활짝 웃었다.

"맞아, 말로. 드디어! 파리를 벗어나는 거야."

새엄마는 남쪽 지방 출신이어서 파리를 싫어한다. 내가 셀러리를 싫어하는 것보다 더! 나는 불가능하다는 걸 알면서도 여동생을 돌아보며 공감의 눈빛을 받기를 바랐다. 잔이 겨우 여섯 살인 걸 빤히 알면서도 말이다. 잔은 자기가 좋아하는 태블릿만 있으면 파리든 님이든 아프리카 통북투든 어디로 가든 상관없을 것이다.

그렇게 해서 내 의견과는 상관없이 파리 볼리바르가에 있던 우리 집에는 6월 중순부터 상자들이 쌓이기 시작했다. 나의 세계가 조금씩 사라져 가는 걸 지켜보는 건 정말 괴로웠다. 그러던 어느 날 오후, 게임기가 이미 상자에 들어간 상태라 나는 바람이나 쐴 겸 스케이트보드를 타러 나갔다.

바람 쐴 겸이라는 말은 사실 그냥 하는 말이다.

날은 찌는 듯 더웠다. 그늘에 있어도 33도나 됐다. 그렇지 않아도 날카로운 신경이 더 날카로워졌다. 포포를 만나기로 한 뷔트-쇼몽 공원에 도착했다. 어린이집에 다닐 때부터 가장 친한 친구인 포포의 원래 이름은 폴이다. 폴이 별명을 부끄러워할까 봐 사람들 앞에서는 '팝'이라고 부른다. 팝이라는 별명은 폴과 찰떡처럼 잘 어울린다. 폴은 팝 음악도 좋아하고, 팝아트와 팝콘도 좋아한다. 옷도 팝아트 스타일인 '팝 룩'으로 입고 다닌다.

호수에 거의 다 도착했을 때 많은 인파 속에서 쉽게 폴을 알아봤다. 덥수룩한 검은 머리에 샛노란 티셔츠, '리히텐슈타인'이라고 적힌 반바지, 체크무늬 반스 운동화를 신은 폴을 놓치기는 힘들다. 폴은 난간에 등을 대고 서 있었다. 스케이트보드를 옆에 세워 둔 채 눈살을 찌푸린 얼굴이었다.

"아, 말로! 드디어 나타나셨네. 너무한 거 아니야? 이 더운 데서 20분이나 기다렸거든!"

"아, 미안. 그놈의 이사 때문에……."

나는 폴과 하이파이브를 하며 대꾸했다.

'이사'라는 말에 늘 밝은 폴의 얼굴에 그늘이 졌다.

"뭐 좀 마실까? 목말라 죽겠다. 이러다가 호수에 뛰어들겠어."

폴이 이마의 땀을 닦으며 말했다. 우리는 스케이트보드를 타고 벨빌로 향했다. 무더위로 둘 다 얼굴이 땀범벅에 벌겋게 달아올랐다. 우리는 얼음이 든 콜라 두 잔을 시켰다. 그리고 아무 말도 하지 않고 벌컥벌컥 마셨다. 기운을 좀 차린 폴이 얼굴을 찡그렸다.

"아직도 믿을 수가 없어."

"뭘?"

"네가 이사 간다는 거. 프랑스 반대편 끝으로 가 버린다니……."

나는 고개를 저었다.

"나도 이사 가기 싫어. 이래 봬도 파리 토박이라고. 우리 할아버지처럼. 그런데 시골 촌구석으로 가야 한다니."

"그래도 님이 완전 촌구석은 아니지."

"네가 모르는 게 있어."

나는 한숨을 쉬며 말했다. 그리고 심각한 표정으로 휴대폰을 꺼냈다. 마치 그 안에 부모님이 저지르려는 범죄의 명백한 증거가 담긴 것처럼 말이다.

"나를 남쪽으로 데려가기만 하는 게 아니라 시내에서 6킬로미터나 떨어진 외딴집으로 데려가는 거라고."

나는 아빠가 이메일로 보내 준 사진을 보여 주었다. 아빠는 새집에 아주 만족했는지 메일에 "친구들한테 보여 주렴"이라고 썼다.

그래, 신나 죽겠다!

원래는 시내에 아파트를 얻으려 했는데 새엄마가 광고를 밤낮으로 샅샅이 뒤져 이 집을 찾아냈다. 수리가 많이 필요한 집이었지만 새엄마는 '세기의 거래'라며 아빠를 설득하는 데 성공했다. 아빠가 워낙 뚝딱뚝딱 고치는 걸 좋아하기도 하고 드디어 집주인이 될 수 있다는 생각도 크게 작용한 것 같다. 200만 년짜리 대출을 받아도 파리에서 집을 사는 건 불가능하다고 아빠가 자주 분통을 터뜨린 것도 사실이다. 아빠와 새엄마는 집을 사는 데 있는 돈을 몽땅 털어 넣었고 그렇게 나는 이름도 없는 촌구석에 내던져지게 되었다.

폴은 내 휴대폰을 가져가 사진을 확대해 보더니 재미있다는 듯 웃으며 소리를 질렀다.

"야, 이거 웬 초가집이야?"

"웃지 마라, 재미없으니까."

"그래도 마당 있는 게 어디야. 이 마당 예쁜데? 탁구대도 놓을 수 있겠네. 내가 갈 때를 대비해서."

위로한답시고 말하는 폴의 목소리에서 진심이 느껴졌다. 나는 친구 없이 새로운 곳에서 처음부터 다시 시작해야 한다는 걸 알고 있다. 폴은 항상 내 곁에 있어 줬는데⋯⋯. 아, 우울하다. 여자친

구가 없다는 사실이 위로될 정도다. 한꺼번에 친구와 여자친구를
다 잃었다면 정말 감당 안 됐을 거다.

• • •

소나무집으로 이사한 7월 5일엔 비가 억세게 퍼부었다. 고속도
로를 빠져나오는데 폭풍우가 불길한 징조처럼 몰아쳤다. 눈 깜짝
할 사이에 지평선이 시커메졌다. 몇 분 전만 해도 하늘이 파랬는
데 갑자기 우르릉 쾅쾅! 대홍수에 세상이 끝날 것 같았다. 시커먼
먹구름들이 괴물처럼 아가리를 벌리고 지상으로 엄청난 양의 물을
쏟아붓기 시작했다. 기관총을 맞은 듯 자동차 지붕에 구멍이 뚫릴
것 같았다. 비는 조금씩 우박으로 변해 나중엔 골프공만 한 우박
들이 떨어져 내렸다. 아빠는 차가 망가질까 봐 스트레스를 받았고
새엄마는 앞유리창이 깨질까 봐 무서워했다. 잔은 애착 인형을 숨
이 막힐 정도로 꽉 껴안고 울기 시작했다.

결국 우리는 퍼붓는 비와 함께 목적지에 도착했다. 오후 4시였
지만 한밤중처럼 깜깜했다. 벌레가 갉아먹은 나무판자에 '소나무
집'이라고 적혀 있었다. 음침한 분위기의 나무판자가 삐걱대며 바
람에 흔들렸다. 마치 스티븐 킹의 공포 소설에 나올 법한 분위기
였다. 장식이 화려한 철문이 우리 앞에 떡 버티고 있었다. 아빠와
나는 철문을 열려고 차에서 내렸다. 녹슨 부분도 있고 얼마나 무

거운지 정말 힘들었다. 금세 온몸이 흠뻑 젖었다. 철문이 다 열리자마자 우리는 차 안으로 허겁지겁 뛰어들었다.

"감기 걸리지 않아야 할 텐데."

새엄마가 걱정했다. 아빠는 연식이 꽤 된 우리 자동차에 다시 시동을 걸고 나무가 길게 늘어선 길로 들어섰다. 웅장한 길이 아니라 미끈거리고 울퉁불퉁한 길이었다. 5분 정도 달리자 드디어 소나무집이 모습을 드러냈다. 회색 돌로 지은 괴상한 집이었다. 이중으로 된 지붕 밑으로 비가 줄줄 흐르고 있었다. 새엄마는 이 집이 '프로방스풍의 농가'라고 했지만 내가 봤을 땐 히치콕의 영화 〈싸이코〉에 나오는 집 같았다. 거세게 내리는 빗속에서 소나무집은 흉가처럼 우뚝 서 있었다.

집 안으로 들어가니 짐들이 이미 도착해 있었다. 상자들이 쌓여 있는 거대한 거실을 보자마자 기분이 안 좋아졌다.

빈티지를 좋아하는 새엄마가 '리빙룸'이라고 부르는 이 거실은 넓긴 하지만 사방에 내벽이 설치돼서 폐소공포증을 일으킬 정도로 답답해 보였다. 마치 정신이상자가 만든 거대한 상자 모양의 숲 한가운데 있는 느낌이었다. 창문은 두 개밖에 없었고, 위아래로 여닫는 방식이라 마치 단두대를 연상시켰다. 창문 주위로는 얇은 소나무 패널을 바닥에서 천장까지 댔고 벽난로는 꼭 집을 통째로 태워 먹으려고 지어 놓은 것 같았다. 아빠에게 내 느낌을 말하자 아빠는 웃기 시작했다.

"내 생각도 그래, 말로. 좀 답답하네."

새엄마는 기분이 상한 듯 어깨를 들썩였다.

"80년대에는 이게 유행이었어. 집이 그때 상태로 유지됐네."

"저 창문들을 다 없애고 통창을 내자. 저쪽에 창을 내면 어떤 풍경을 보게 될지 상상해 봐."

아빠는 내 기분을 달래려는 듯 서쪽 벽을 가리키며 활짝 웃었다. 나는 상상할 기분이 아니었다. 왜 그런 창문이 진즉에 없었는지, 이런 거대한 찜질방 같은 곳에 살던 미친 사람들은 누군지 묻고 싶었다. 하지만 아빠와 새엄마가 너무 행복해 보여서 나중에 얘기하기로 했다. 잔도 새집을 좋아하는 것 같았다. 운동화를 벗고는 양말만 신은 채로 반질반질한 마루에서 스케이트를 타며 소리쳤다.

"와아아아아, 신난다아아!"

나는 본능적으로 이 집이 싫었다. 상상력이 없는 건 아니지만 나는 주로 이성적인 사람이다. 그래서 아는 건데, 내가 이 집을 싫어하는 건 심리적인 이유 때문이다. 난 여기 살기 싫다. 아는 친구가 한 명도 없는 학교에 가려고 버스를 타고 싶지도 않고, 폴이나 다른 친구들과 멀어지고 싶지도 않다. 자동차, 빌딩, 지하철, 예쁜 원피스를 입은 여자애들을 놓치고 싶지도 않다. 나는 오래된 돌이나 숲길을 좋아해 본 적이 없다. 나는 오염과 배기가스, 스케이트보드, 가로수와 함께 자란 사람이다. 그러니까 나는 이 끔찍한 '리빙룸'을 비롯한 이 집이 내 문제의 전부가 아니라는 사실을 인지하고 있다. 하지만 그러면서도, 뭐라고 해야 할까. 어떤 예감 같은 게 들었다. 공포 영화를 너무 많이 본 탓일까? 현대적인 안락 시설을 모두 갖춘 도심의 고층 아파트에서 살면 귀신에 씐 집이나 사이코패스 킬러가 나오는 영화를 봐도 폭신폭신한 이불 밑에서 낄낄댈 수 있다. 하지만 인적이 드문 숲에 둘러싸인 이곳에 와 보니 그런 망할 영화들을 본 게 후회스럽다.

이곳에는 무서운 소리와 어두운 그림자가 사방에 깃들어 있다.

2017년 7월 10일 월요일

저녁 7시 4분
맑음

할 일이 없어 집과 주변을 둘러보았다. 집은 걸어서, 주변은 아빠가 사 준 자전거를 타고 돌았다. 그러면 이사 때문에 우울한 마음이 가라앉을 것 같았다. 자전거는 아빠가 중고품 시장에 갔다가 찾은 거라고 한다. 새엄마는 눈을 반짝거리며 집을 '빈티지'로 꾸미려고 시장에 갔었다고 말했다. 새엄마는 겨우 서른여섯 살인데 자기보다 두 배나 나이 많은 물건만 좋아한다. 물론 자전거 선물은 고맙다. 스포츠용이 아니라서 빵집에 빵 사러 가는 할아버지 자전거 같긴 하지만. 안장에 앉을 때마다 입에 파이프를 물고 체크무늬 모자를 쓴 노인이 된 느낌이다. 형광에 가까운 초록색 자전거는 바퀴가 반들반들해서 숲에서 타기에 적합하지는 않지만 다행히 속도를 바꿀 수 있는 기어는 달려 있다. 사실 동네 구경도 지루한 건 마찬가지지만, 적어도 부모님이 '집'이라고 부르는 뒤죽박죽 공사장에 처박혀 있는 것보단 낫다.

이렇게 자전거 이야기를 늘어놓은 이유는, 동네 구경을 하다가 등골이 오싹할 정도의 발견을 했기 때문이다. 이곳에 이사 온 뒤로 날씨는 계속 좋았는데, 이상하게도 등골이 오싹해지는 느낌이 가시질 않았다.

자신들을 성의 주인쯤으로 생각하는 부모님은 우리 집을 '대저택'이라 부른다. 나는 그 '대저택'을 에워싼 숲에서 자전거를 타고 있었다. 과체중 노새처럼 타기 힘든 자전거로 울퉁불퉁한 길을 달리느라 땀이 흥건했다. 빈터를 지나서 비탈 끝에 다다랐을 때 더는 못 견디고 이끼가 깔린 바닥에 주저앉고 말았다. 옆으로 나뒹군 자전거가 마치 이끼와 잘 어울리는 동물 사체 같았다. 나는 바닥에 드러누웠다. 참나무와 침엽수 가지들 사이로 보이는 파란 하늘, 엽록소 빛깔로 가득한 숲속에 놓인 형광 초록색 자전거가 왠지 예뻐 보였다. 인스타그램에 올릴 사진을 찍고 싶었지만 그럴 겨를이 없었다. 호흡을 가다듬고 근육을 쉬게 하는 게 먼저였다. 허벅지가 불타는 것 같았다.

지난 주말에는 자전거를 타고 남쪽으로 달렸었다. 오늘은 북쪽으로 갔던 거고. 이쪽 숲을 구경하는 건 처음이었는데 꽤 아름다웠다. 밀림처럼 야생의 분위기가 넘쳤다. 초록이 빽빽이 우거져 어둡고, 듬성듬성 햇빛이 비치는 그런 곳을 보고 보통 밀림이라고 하니까. 이 지역은 산불로 피해를 많이 봤다고 들었는데 최근에 불에 탄 흔적은 없었다. 이끼는 마치 안쪽에서 이슬이 뿜어 나오는 것처럼 부드러웠다. 나는 자리에서 일어나 자전거 뒤에 매달아 놓은 작은 가죽 가방—맞다. 이 할배 자전거엔 가방까지 달렸다—에서 물병을 꺼내 단숨에 반쯤 들이켰다. 그제야 살 것 같았다. 커다란 나무 그늘에 앉아 있으니 주변을 돌아볼 마음은 생겼지만 페달을 더 밟을 자신은 없어 그냥 걷기로 마음먹었다. 물론 길을 잃지 않으려고 애쓰긴 했다. 내가 파리에서 태어나 파리에서 자란 '파리지앵'이긴 해도 영화도 보고 책도 봐서 경험이라면 할 만큼 했다. 나는 탐험 때마다 공사장에서 몰래 가져온 흰 자갈돌—부모님이 마당에 깔면 예쁘다고 놔둔 것이다—주머니를 챙겼다. 돌 때문에 가방이 무거워졌지만 다 쓸데가 있다. 나는 엄지 동자니까! 『엄지 동자』는 어릴 때 가장 좋아했던 동화다. 그래서 돌을 챙길 생각이 들었나 보다. 엄마가 자주 읽어 주곤 했는데…….

숲으로 들어가면서 희한하게 생긴 바위나 구불구불한 나무, 커다란 뿌리 등 눈에 띄는 좌표를 기억하려 했다. 그리고 전략적인 장소가 나올 때마다 자갈 하나를 떨어뜨렸다. 매끄럽고 새하얀 자갈은 어두운 숲에서 마치 형광등처럼 빛났다. 뒤를 돌아보니 자갈들이 공항 표시등처럼 반짝거렸다. 오솔길을 돌아가자 건물 한 채가 서 있었다. 이런 무인도 같은 곳에 웬 집인지. 아니, 사실 집이라고 하기도 좀 그랬다. 돌벽으로 된 폐가는 아주 낡았고 반쯤 무너진 상태였다. 지붕도 거의 날아가 버렸고 창문도 다 깨진 지 한참 된 것 같았다. 현관문이 있었을 자리에는 울퉁불퉁 네모난 문

틀만 남아 있었다. 건물의 토대를 보아하니 온전했을 때는 아마 크기가 꽤 컸을 것이다. 작은 성이나 영주의 저택 정도? 그나마 허물어지지 않은 곳에는 잡초가 우거져서 으스스하면서도 몽환적인 희한한 분위기를 자아냈다.

나는 폐가 앞에 멈춰 섰다. 심장이 쿵쾅쿵쾅 나대기 시작했다. 보물이라도 발견한 것처럼 놀라움과 공포, 흥분이 뒤섞였다. 마치 마야 신전 앞에 선 에스파냐의 정복자 콩키스타도르가 된 것 같았다. 주머니에서 꺼낸 휴대폰에는 신호가 아예 잡히지 않았다. 그래서 사진을 찍기로 했다. 내 말은 아무도 믿지 않을 테니. 사람들 말로는 내가 '상상력이 많다 못해 아예 흘러넘치는 아이'란다. 이 말을 한 사람들, 그러니까 과학 선생님이나 새엄마는 칭찬으로 그런 말을 한 게 아니다. 나는 휴대폰을 손에 쥐고 뒤를 돌아보았다. 몇 미터 뒤에서 마지막 자갈이 햇빛을 받아 반짝였다. 휴! 다행이다. 숲 한가운데 이런 집이 있다니 좀 무서웠다. 소나무집을 처음 봤을 때도 비슷한 느낌이었다. 뭐라고 설명하기에 애매한 어떤 느낌……. 사실 느낌이라기보다 잔상에 가깝다. 간밤에 꾼 악몽이 현실이 아니고 꿈에서 본 영화 같은 것이라는 걸 잘 알면서도 온종일 생각날 때 같은. 그 잔상이 내 안 어딘가에서 떠다니는 한, 찜찜한 기분은 사라지지 않는다.

하지만 언제나처럼 호기심이 발동했다. 나는 커다란 문을 향해 몇 걸음 걸어갔다. 안쪽에 뭐가 있는지 꼭 확인해야 했다. 뭘 보게 될지 알 수 없었지만. 시체? 좀비? 아무튼 겁이 났다.

문 안쪽으로 들어서자마자 등골이 오싹했다. 이곳에 이사 온 뒤로 내내 오싹했던 그 등골! 집 안쪽은 온통 회색으로 칠한 넓은 방이었다. 그것 때문에 겁이 난 건 아니었다. 내가 겁을 먹은 건 방 한가운데에 떨어져 있는 거대한 크리스털 샹들리에 때문이었다. 작은 술 장식들이 깨진 채로 사방에 널브러져 있었다. 조금 더 큰 장식들은 구석까지 튀어 날아간 모양이었다. 그것들이 어스름한 방에서 다이아몬드처럼 반짝였다. 숨이 멎을 것 같았다. 무엇을 보게 될지 몰랐지만, 이것만은 제발! 내가 본 광경에선 종말의 냄새가 풍겼다. 이곳에 살던 사람들은 모두 사라졌다. 누가, 무엇이, 그들을 삼킨 걸까? 당장 생각나는 건 타이태닉호에 관한 다큐멘터리에서 본 물속 장면이었다. 바닷물에 잠겨 녹이 슨 무도회장, 곰치와 다른 바다 괴물들의 보금자리가 된 해초……. 나는 그 자리에 얼어붙었다. 눈을 꽉 감았다. '괜찮아. 바보같이 굴지 마. 여긴 그냥 빈집이야.' 나는 숨을 크게 들이쉬며 머릿속으로 이 말을 주문처럼 서너 번 반복했다. 심장이 제 속도를 찾아 뛰었고 얼마 뒤 나는 다시 눈을 떴다. 머리를 흔들고 큰 소리로 말했다.

"멍청하긴! 너 진짜 바보 아냐?"

내 목소리가 메아리처럼 울려 퍼졌다. 그리고 다시 조용해졌을 때야 나는 주위를 둘러보기 시작했다. 깨진 샹들리에를 빼면 빈집에서 기대할 만한 물건은 아무것도 없었다. 낡아 빠진 칸막이벽,

뜯어지고 색이 바랜 양탄자뿐이었다. 오른쪽에는 돌로 만든 커다란 벽난로가 있었다. 이 역시 낡아서 난로 구멍이 꼭 쩌억 벌린 이 빠진 입처럼 보였다. 벽난로 위로는 커다란 깔때기 모양으로 그을음이 져 있어 온통 시커멨다. 나무로 깐 바닥은 온전하지 않았고 먼지, 흙, 낙엽, 나뭇가지, 거미줄이 가득했다. 그리고 무엇보다 악취가 굉장했다. 나보다 용감한 사람들이 이곳을 지나다가 급한 용무를 본 모양이었다. 어쩌면 떠돌이나 노숙자가 잠시 머물렀을 수도 있고, 젊은이들이 몰려와 술을 마셨을 수도 있다. 사실 샹들리에를 빼면 이상한 것은 아무것도 없었다. 다만 아무도 샹들리에를 건드리지 않았다는 점이 놀라웠다. 천장에서 떨어진 지 몇십 년, 아니 몇백 년은 된 것 같은데 아무도 만지지 않았다니? 그래서 겁이 났던 것 같다. 이렇게 고급스럽고 고풍스러운 커다란 물건이 풀과 나무로 뒤덮인 이 폐허 한가운데에 깨진 채로 버려져 있다니! 내가 이곳에 처음 들어온 사람이 아니라는 것은 확실했다. 가끔 산책하는 사람들이 들어와 샹들리에의 작은 장식을 기념품으로 가져갔을 것이다. 샹들리에 전체는 가져가기에 너무 크니까. 깨진 크리스털 조각들은 중심부에서 멀리 날아가 있었다. 천장에는 체인이 떨어지면서 생긴 커다란 구멍이 그대로 남아 있었다. 그런데 정말로, 왜 아무도 샹들리에를 옮기지 않은 거지? 아마 옮기기에는 너무 무거웠나? 모르겠다. 가까이 갈 엄두가 나지 않았다.

오늘은 기온이 30도나 됐는데 소름이 돋았다. 나는 그 자리에서 뒤로 돌아 재빨리 그곳을 빠져나왔다. 그리고 바닥에 떨어뜨려 둔 마지막 돌을 주워 주머니에 넣은 다음 점점 더 빠른 걸음으로 폐가에서 멀어졌다. 사실 첫 번째 돌을 주울 때는 아예 뛰고 있었다. 겨우 자전거가 있는 곳까지 와서는, 뒤도 돌아보지 않고 페달을 밟았다.

물론 이 이야기를 하는 지금은 사진을 찍지 않은 게 후회된다. 집 외관을 찍긴 했지만, 플래시 켜는 걸 잊어버려서 역광으로 시커멓게 찍혔다. 한마디로 인스타에 올릴 만한 사진은 아니었다.

다시 그곳에 가야겠다.

바보같이 얼어붙긴 했었지만, 그래. 며칠 안에 다시 찾아가 봐야지. 그때는 폐가를 다 둘러볼 거다. 주변에 신나는 일이 많은 것도 아니니⋯⋯.

폴에게 전화를 걸어 나의 작은 모험에 대해 말해 주고 싶지만, 폴은 지금 사촌들과 코르시카섬에 놀러 갔다. 벌써 8시가 넘었으니 저녁을 먹고 있을 것이다. 내 음산한 이야기로 폴의 저녁 시간을 망칠 수야 없지. 그것도 그렇고, 잔의 요란스러운 발걸음이 이쪽으로 가까워지는 소리가 들리기 시작했다. 곧 들어와서 "밥 먹자!" 하겠지. 식탁에 앉으면 오늘 본 건 얘기하지 않을 생각이다. 다들 비웃으며 나를 허풍쟁이나 도시 촌놈 취급할 게 뻔하니까. 이곳에 이사 온 날부터 새엄마는 나를 못살게 굴지 못해 안달이다. "너 도마뱀 본 적 없어?" "너 거미 무서워하지?" "도시 촌놈이래요!" 하면서 말이다.

나는 새엄마를 아주 좋아하지만 이제 좀 그만했으면 좋겠다. 관용이나 이해심 같은 건 5분을 넘기기 힘드니까. 게다가 내가 여기서 이러고 있는 건 새엄마 탓도 있다.

2017년 7월 13일 목요일

오전 9시 57분
맑음

오늘 밤, 잔이 또 그랬다.

처음이 아니다. 첫날 밤, 그러니까 7월 5일 밤에도 그랬었다. 여태껏 내가 그 일을 언급하지 않은 건 별로 걱정하는 사람이 없었기 때문이다. 낯선 곳에 있는 거대하고 낡은 집에 막 이사 온 참이었으니까. 잔도 나처럼 도시에 익숙해져 있다. 자동차 엔진 소리, 사이렌 소리, 길거리에서 크게 떠드는 취객들 소리에 익숙하다. 그래서 나무 바닥이 삐걱대는 소리나 벌레 울음소리, 부엉이가 부엉부엉 우는 소리만 이따금 들려올 뿐인 이 갑작스럽고 터무니없는 고요가 무서울 수밖에 없다. 여기서만 말하지만(고문을 당하더라도 절대 말 못한다) 나도 첫날 밤에는 무서워 죽는 줄 알았다. 사실 지금도 자려고 누우면 좀 무섭다. 이어폰으로 음악을 듣거나 컴퓨터로 영상을 봐야 겨우 잠이 든다. 잔은 여섯 살이니 발작을 일으키는 게 당연하지……

그러니까 그 첫날 밤, 새벽 3시쯤인가, 어디서 비명이 들렸다. 참고로, 평소에 잔이 악몽을 꾸거나 침대에 오줌을 싸고 칭얼거리는 그저 그런 소리가 아니었다. 공포 영화에서나 들릴 법한 날카로운 비명이었다. 소리가 얼마나 컸던지 온 가족이 소스라치며 일어나 잔의 방으로 뛰어갈 정도였다. 집 안이 어두워 방 앞에서 서로 부딪히면서 우리도 소리를 질렀다. 아빠가 겨우 스위치를 찾아서 불을 켰고 방이 환해졌다(말이 그렇단 거지 조명이라고는 나무 갓을 씌운 희미한 전등밖에 없다. 전등에서 불안하게 새어 나오는 누리끼리한 빛이 깜깜한 어둠보다 더 무서웠다). 잔은 침대에 똑바로 앉아 있었다. 비명은 그쳤지만 꼼짝도 하지 않았다. 맞은편 벽에서 눈을 못 떼는 게 꼭 〈겨울왕국〉이 방영 중인 텔레비전을 볼 때 같았다. 하지만 표정만큼은 공포 영화 〈샤이닝〉을 보는 표정이었다. 돛단배가 그려진 잠옷을 입은 채 창백한 낯빛으로 굳은 잔의 모습은 꼭 인형 같았다. 할머니 집이나 벼룩시장에 가야 볼 법한 으스스한 도자기 인형. 새엄마는 잔 곁에 가서 앉았다. 그리고 잔의 등을 쓰다듬으며 속삭였다.

"잔, 괜찮니?"

그래도 잔은 움직이지 않았다. 딱딱하게 굳은 것처럼 몸이 뻣뻣했다. 아빠와 나는 서로를 바라보았다. 잠이 깼을 때부터 놀랐던 가슴이 가라앉지 않았다. 새엄마는 계속 잔을 달래며 등을 쓰다듬었다. 그러자 어느 순간 잔의 몸이 갑자기 풀렸다. 도자기 인형이 갑자기 천 인형이 된 것처럼. 그러더니 새엄마 품에 안겨 울음을 터뜨렸다.

"쉿, 우리 아가, 괜찮아. 다 꿈이야. 이제 괜찮아."

새엄마는 잔을 쓰다듬으며 우리에게 다시 가서 자라는 손짓을 하더니 입모양으로 "내가 재울게"라고 했다.

우리는 새엄마가 하라는 대로 했다. 아빠는 괜히 한숨을 크게 쉬며 내 머리를 가볍게 툭 쳤다. 나는 씩 웃어 보이며 침대로 돌아왔지만 마음이 진정되지 않아 동틀 무렵이 다 되어서야 잠이 들었다. 아직 커튼을 달지 않은 방이 금세 환해졌다. 그로부터 며칠 동안은 아무런 일도 일어나지 않았다. 그러다가 오늘 밤 똑같은 일이 벌어진 거다. 새벽 3시. 그리고 비명. 뻣뻣해진 몸으로 침대 맞은편 벽을 뚫어져라 바라보는 잔. 그러다가 몸이 풀리고 엉엉, 엉엉, 엉엉. 눈물샘이 터진 잔을 달래는 데 한 시간이나 걸렸다. 벽이 얇아 울음소리가 다 들리니 너무 괴로워서 헤드폰을 쓰고 〈심슨 가족〉을 보았다—헤헤, 드디어 와이파이를 설치했다. 내 노력의 가장 큰 결실!

아침에 일어난 우리는 모두 산송장 같았다. 이상하게 잔만 기운이 넘쳐 보였다. 잔은 핫초코를 앞에 놓고 콧노래를 부르며 장난감을 가지고 놀고 있었다.

"잔?"

새엄마가 잔의 팔에 손을 얹으며 말했다. 하지만 잔은 새엄마 목소리를 못 들었는지 계속 콧노래만 불렀다. 내가 한 번도 들어본 적 없는 노래였다. 잔은 상상의 세계에 갇힌 듯 허공을 바라보며 웃고 있었다.

"잔?"

새엄마가 다시 목소리를 높여 불렀다. 그러자 잔이 놀란 듯 커다란 눈을 더 크게 뜨며 새엄마를 쳐다보았다.

"응, 엄마."

"어젯밤에 있었던 일 기억나?"

잔은 무슨 소리인지 모르겠다는 표정을 지으며 자기와는 상관없다는 듯 고개만 저을 뿐이었다.

"밤에 자다가 또 악몽 꿨잖아."

잔은 새엄마를 바보 같다는 듯 쳐다보았다. '엄마 바보. 무슨 말을 하는 거야?' 정말 그런 눈빛이었다.

"악몽 안 꿨어."

"그럼 왜 울었어?"

아빠가 잠을 못 자서 짜증 난 말투로 끼어들었다. 그런데 잔이 아빠를 똑바로 노려봤다. 다 큰 어른한테서나 볼 수 있을 법한, 날카로우면서도 건방진 눈빛이었다. 정말 이상했다. 잔이 그런 눈빛을 하는 걸 본 적이 없었다. 잔은 노란 곱슬머리에 항상 웃는 얼굴인, 그저 귀엽고 착한 아이다. 말하자면 딱 여섯 살짜리 여자애답

다. 그런데 잔의 얼굴이 완전히 다른 사람처럼 보였다.

"내가 아니라, 그 여자애가 울었어."

잔이 차분한 목소리로 말했다. 아빠가 이맛살을 찌푸렸다.

"여자애? 누구 말하는 거야?"

잔은 식탁에 올려 뒀던, 무지개색 갈기에 엉덩이에는 별 장식이 박힌 포니 인형을 다시 갖고 놀기 시작했다. 잠깐의 침묵이 이어졌고, 아빠와 새엄마가 눈길을 주고받았다. 내 생각에 두 사람은 그냥 "애들은 못 말려" 하면서 웃어넘기고 싶은 것 같았다.

하지만 나는 하나도 웃기지 않았다. 아주 짧은 시간(한 1초 정도?), 내 앞의 잔이 진짜 잔이 아니라는 느낌이 스쳤다.

새엄마는 잔을 목욕시키러 데리고 갔고 나와 아빠만 남았다. 아빠는 나와 공사 얘기를 하고 싶어 했다. 진행 중인 공사와 앞으로 남은 공사, 그리고 두세 달 뒤에 얼마나 멋진 집이 될지, 그런 것들. 통창을 낼 인부들이 다음 주에 올 거고, 통창이 생기면 집 안 분위기가 완전히 달라질 거라고 했다. 벽과 천장 대리석은 모두 흰색으로 칠할 예정이고 바닥만 예전 그대로일 거란다.

"도와줄 거지, 말로? 페인트칠이 얼마나 재미있는데. 뿌듯할 거야. 게다가 네 집이라는 느낌도 받을 수 있고. 네 방을 새로 칠하니까 너도 좋지 않아?"

말이 나왔으니 나도 아빠에게 물어봤다.

"이 집은 누구한테 산 거야?"

"왜, 알고 싶어?"

아빠는 놀란 눈치였다.

"누가 살았던 집인지 알고 싶다는 거지."

아빠는 커피 한 모금을 홀짝 마시고 난 뒤에야 대답했다.

"짜식, 그게 뭐가 중요해? 우리 집인데. 진짜 우리 집."

아빠는 우리가 중요한 대화를 하고 있다고 생각할 때, 말하자면 남자 대 남자로 얘기한다고 생각할 때 나를 '짜식'이라고 부른다. 그 소리를 들을 때마다 나는 웃음이 난다.

"아니, 진짜로. 여기에 살던 사람들 누구야?"

아빠는 농담 몇 개를 늘어놓더니 드디어 전 주인들에 대해 알고 있는 걸 말해 주었다. 이 집은 오랫동안 돈 많은 부부의 별장이었던 모양이다. 리옹에 사는 골동품상이었던 부부는 은퇴한 뒤 1년에 한 번씩 이곳에 머물렀다고 한다. 그러다가 2년 전에 부인이 심장마비로 죽고 말았다나. 남편도 알츠하이머인가 뭔가 때문에 정신을 놓기 시작해서 이런 외딴집에서 혼자 지낼 수 없게 되었고, 결국 아들이 아버지를 요양원에 보냈다고 한다.

"외동아들인데, 파리에서 일하고 있대. 은행에 다니는 것 같더라. 이 집은 원하지 않았고. 내가 이해한 게 맞는다면 여기서 산 적도 없나 봐. 어렸을 때랑 중고등학생 때 방학을 보내러 왔을 뿐이래. 이곳에 대한 추억이 그리 좋지 않은 건 분명해."

"그렇지. 10대들한테 여긴 그닥……."

내 말에 아빠는 여느 때처럼 꿀밤을 날렸다.

"아무튼 아들은 이 집을 빨리 정리하고 싶어 했어. 너무 외진 곳에 있어서 살 사람을 구하는 데 애를 먹었지. 그래서 우리가 아주 좋은 가격에 샀던 거야. 물론 손볼 곳이 많았지. 하지만 말로, 이 집 진짜 싸게 산 거야. 운이 좋았어."

"그러시겠지."

나는 혼자 중얼거렸다. 아빠는 마지막 남은 커피를 들이켜고 의자에 등을 대고 앉아 나를 지긋이 바라보았다.

"힘들지? 아빠도 알아. 폴이랑 친구들도 보고 싶을 거고. 파리도 그렇고. 그런데 이곳에도 기회를 줘 봐. 너도 놀랄걸."

나는 그럴 수도 있다고 생각하며 목구멍까지 올라온 말을 다시 삼켰다.

'좋은 쪽으로 놀라는 게 아닐 수도 있잖아.'

2017년 7월 13일 목요일

오후 5시 32분
비 옴!

이사 오고 난 뒤 날씨는 놀라울 정도로 한결같이 좋았다. 하지만 매일 아침 어떤 날씨일지 뻔히 알고 잠에서 깨는 것만큼 우울한 일도 없다.

하늘: 맑음
공기: 더움
여름: 멈춰 있음
서프라이즈: X

그런데 오늘 뜻밖의 폭풍우가 닥쳤다. 우리가 여기 처음 온 날처럼 미친 폭풍우. 하늘이 갑자기 까매지면서 숲 위로 흰 레이저 같은 번개가 내리쳤다. 그야말로 장관! 비는 정오쯤부터 쏟아지기 시작했다. 비를 보니 기분이 좋아졌다. 잔 때문에 밤잠을 설쳤는데 완전히 다 깼다. 이때부터 비는 그치지 않고 내렸고 가끔 천둥도 쳤다. 나는 메신저에서 친구 벤조와 얘기를 나눴고, 인스타그램도 들어갔다가 유튜브에서 바보 같은 영상도 몇 개 봤다. 그런데 기분이 좋아지기는커녕 바닥을 쳤다. 외로움이 더 커졌다. 이 외딴곳에서 어떻게 살아남지? 스트레스도 받고 할 일도 없어서 결국 집을 더 자세히 탐험하기로 했다. 한 바퀴 둘러보긴 했지만 아직 집 구조를 자세히 알아보지는 않았다. 사실 잔의 바보 같은 놀이를 지켜보고 아마추어 석공이 다 된 아빠가 다루는 절단기의 시끄러운 소리를 견디느니 바깥에 나가고 싶었다. 게다가 거의 온종일 나돌아다니다가 가끔 집에 있을 때면 꼭 새엄마가 뭔가 심부름을 시킨다. 이 집에는 내 자리가 없는 것 같다. 나는 마치 해수욕장에 스키복을 입고 누워 있는 사람처럼 이질감을 느낀다. 하지만 오늘 밖에 나갔다간 번갯불에 구워질지도 모르니…….

먼저 계단부터 시작했다.

내 방은 이미 잘 알고 있다. 이사 온 날 내 방은 흉한 꽃무늬가 프린트된 벽지로 도배되어 있었다. 물망초였을 것이다. 지금은 벽을 하얗게 칠한 상태다. 그곳에 영화 포스터와 스케이트보드 포스터를 붙였다. 그라피티가 그려진 천도 걸었다. 폴이 작별 선물로 준 건데, 스프레이로 내 이름을 쓰고 그 주위에 행성과 유에프오를 그려 넣은 작품이다. 이제는 내 방이 좋아지려 할 정도다. 물론 벨빌의 내 방보다는 정이 안 가지만. 벨빌에 있던 지붕 밑 내 방에는 파리 시내를 내려다볼 수 있는 커다랗고 둥근 창이 있었다. 그 창을 보고 있으면 마치 항구에 도착한 여객선을 탄 기분이었다. 아, 그만! 향수에 젖어 있을 때가 아니다.

내 옆방인 잔의 방에 들어갔을 때는 주로 벽을 관찰했다. 잔이 밤마다 이상한 발작을 할 때 노려보던 그 벽 말이다. 뭉게구름이 그려진 현대적인 등을 천장에 새로 단 걸 제외하면 잔의 방에는 손댄 곳이 없었다. 벽지 무늬는 작은 분홍 나비였고 벽지 상태도 나쁘지 않았다. 무늬가 잔과 잘 어울리기도 했다. 낡은 인형들, 실바니안 패밀리와 그 밖의 잡동사니들이 나름의 질서를 유지하며 쌓여 있었다. 사실 부모님이 복권에 당첨된 것도 아니라서—그런 것처럼 살고 있지만—집을 송두리째 바꾸지는 못하리라는 걸 잘 알고 있다. 그게 바로 무엇을 먼저 하고 무엇을 나중에 해야 할지 아는 감각이라고 아빠는 말했다. 내 방을 먼저 바꿔 줘서 감사할 따름이다.

나는 잔의 침대 맞은편에 있는 벽을 손으로 만져 보며 혹시 뭐가 있는지 찾아보았다. 사실 대단한 게 있을 거라고 생각하지는 않았다. 그냥 나만의 걱정 방식이다. 나는 눈을 감고 집중하며 '아마추어 셜록 홈즈'로 변신했다. 석회와 돌로 된 울퉁불퉁한 표면을 제외하면 특별한 게 느껴지지 않았다. 낡은 벽, 낡은 양탄자, 벽에 그려진 작은 더듬이를 가진 바보 같은 나비들. 나는 검지를 구부려 벽을 두드려 보기도 했다. 콩콩! 안쪽이 빈 것 같지는 않았다.

만약 벽 뒤에 비밀 통로나 공간이 있다면 정말 잘 숨긴 거다.

나는 아빠와 새엄마의 '스위트룸'으로 이동해 수사를 계속했다. '스위트룸'이라니 웃음이 나지만 방에 화장실이 딸려 있어서 그렇게 부른다. 딱히 특이사항이 없는 곳이다. 이 방도 이사 뒤에 뭔가를 건드리지는 않았다. 최근에 수리된 걸로 보아 아마 전 주인들이 쓰던 방인 듯하다. 현대식 화장실이 있고 벽은 연회색으로 칠해졌다. 새엄마가 좋아하는 잡지 『엘르데코』의 기준에 따르면 이 낡은 집에서 '최신 유행'인 방일 것이다.

복도 끝에 있는 마지막 방은 꽤 큰데, 벽에 누런 책장 자국이 남아 있는 걸 보면 아마 서재로 쓰였던 방 같다. 지금은 텅 비어 유령이 나올 것 같은 방이 되었지만. 아빠는 이 방을 음악실로 만들고 싶어 하는 것 같다.

복도로 다시 나와 천장에 매달린 밧줄 끝의 손잡이를 잡아당겼다. 그러자 접이식 계단이 쫙 펼쳐졌다. 그럴 거라고 예상은 했지만 계단이 바닥에 떨어지는 소리가 너무 커서 깜짝 놀랐다. 잔이 한창 낮잠을 자는 중이어서 깨웠을까 봐 걱정이었다. 하지만 귀를 기울여 보니 아무 소리도 들리지 않았다. 나는 안심한 채 계단을 올랐다. 사실 계단이라기보단 사다리에 가까워서 자칫하면 굴러떨어져 얼굴이 뭉개질 구조였다. 다락방으로 올라갈수록 점점 더 더워졌다. 지붕에 부딪히는 빗소리도 귀를 먹먹하게 했다.

다락방은 불가마에다 난장판이었다. 이곳을 다 탐험하려면 한

주, 아니 두 주는 필요할 것 같다. 때마침 다락방 위로 머리를 쏘옥 내민 새엄마에게 그렇게 말했더니 새엄마가 깔깔 웃었다.

"그러니까. 전 주인들 정말 대단해. 도시든 시골이든 똑같다니까. 집을 팔 때 방과 거실은 다 비우는데 지하실이랑 다락방은 치우지를 않아. 그러니 잡동사니를 치우는 일은 다 우리 차지지. 쓰레기 치우는 게 어디 보통 일이니."

"여기 지하실도 있어요?"

집을 모조리 훑어보았다고 믿었던 나는 희망에 부풀어 물었다. 새엄마는 고개를 끄덕였다.

"식품 저장하는 팬트리 같은 거야. 웃기지? 미국식 집에나 있는 건데. 너도 영화에서 봤지?"

도통 무슨 소리인지 모르겠다. 새엄마는 팔을 들어 숲 쪽을 가리켰다. 아직도 비가 많이 내리고 있었고 바람 때문에 창문이 덜커덩거렸다. 멀리 보이는 큰 소나무들이 술에 취한 듯 이리저리 흔들렸다.

"입구가 집 뒤쪽에 있어. 바깥으로 나가야 해. 아직 못 봤니? 땅바닥에 나무 문이 하나 있거든. 뚜껑처럼 생긴 문. 문을 들어 올리면 계단이 보일 거야."

"진짜요?"

나는 흥분했다. 마치 새엄마가 핵폭발에 대비한 방공호나 미국까지 뚫려 있는 터널이 있다고 알려 준 것처럼 말이다. 내가 흥분하니 새엄마가 웃었다.

"진짜야! 하지만 비가 그칠 때까지 기다려. 안 그러면 미끄러져 넘어질 테니. 게다가 전구도 나갔거든."

"지하실에 가 봤어요?"

"집 보러 왔을 때 부동산업자가 보여 줬지. 그런데 거긴 비어 있어서 볼 것도 없을걸. 네 아빠가 거기를 와인 창고로 만들고 싶어 안달이야. 그러려면 상하수도 공사도 해야 하니까……."

와인 창고라고? 조금 있으면 수영장도 만들겠다고 할 판이네!

지하실에 내려가 보고 싶었지만 비가 그칠 때까지 기다리기로 했다. 나는 1층으로 내려가서 부엌으로 들어갔다. 부엌은 전원풍으로 예쁘다. 내 방을 **빼면** 이 집에서 기분이 좋아지는 유일한 공간이다. 바닥에는 육각형 타일이 깔려 있는데 겨울이 되면 발바닥이 차가울 거다. 하지만 아직 겨울이 되려면 멀었으니까. 왼쪽에는 부정적인 파장을 발사하는 '리빙룸'이 있다. ('리빙룸'이라니, 정말 이상한 표현이다. 우리말로 풀이해 보자면 '사는 방'이라는 뜻인데, 그렇다면 '죽는 방'도 있나?) 부정적인 파장은 물론 농담이다. 하지만 이 못생긴 거실은 정말 별로다. 여기 들어오면 어렸을 때 엄마가 죽고 나서 꿨던 악몽이 떠오른다. 내용이 자세히 기억나지는 않지만 내가 아주 작은 상자에 갇혀서 온몸을 구기고 있어야 했던 것 같다. 숨쉬기가 점점 힘들어져서 도와달라고 외치며 주먹과 발로 상자를 마구 쳤지만 아무도 오지 않았다. 바깥에 분명히 사람들이 있는 것 같은데 나무로 된 상자가 내 목소리를 다 빨아들이는 느낌이었다. 엎친 데 덮친 격으로, 상자는 서서히 줄어들기 시작했다. 아니면 내 몸이 비정상적으로 커졌던 걸까? 어찌 됐든 간에 나는 떡처럼 눌려 버렸다. 정말 끔찍했다. 상자 안에서 그대로 죽을 거라고 확신했다. 땀에 흠뻑 젖어 눈을 뜨고도 10분 정도 지나고 나서야 숨을 제대로 쉴 수 있었다. 거실은 그때 그 상자에 비하면 훨씬 크지만 내겐 비슷한 느낌을 준다. 그 안에 있으면 몸이 짓눌리는 것 같다. 거실이 빨리 변했으면 좋겠다. 지금의 모습은 잊고 새로운 옷을 갈아입기를.

다행히 아빠도 작업에 몰두 중이었다. 나중에 어두운 색깔의 나무를 흰색으로 칠할 때 페인트가 잘 먹도록 아빠는 사다리 위에 걸터앉아 밑칠을 하고 있었다. 그러다 나를 발견하고는 동작을 멈추고 물었다.

"짜식, 아빠 도와줄래?"

손으로 하는 일을 그다지 좋아하지 않아서 나는 잠시 망설였다. 하지만 창문 밖에 드리워진 비의 커튼을 보고 운명을 받아들인 사람처럼 한숨을 내쉬었다. 그럴까, 하며 어깨를 으쓱했더니 아빠는 웃으며 손으로 바닥에 있는 롤러를 가리켰다.

어차피 거실이 하루빨리 다른 모습으로 바뀌어야 나도 기분이 좋아질 테니.

2017년 7월 14일 금요일

오전 11시 14분
맑음

더운 남부 지방이 더 더워졌다. '찜통더위'라는 말이 생각난다. 지하실을 탐험하기에 이상적인 날씨 아닌가! 어제는 늦은 밤이 되어서야 비가 그쳐서 나는 아빠와 함께 열심히 밑칠을 했다. 이제 페인트를 칠할 수 있게 되었으니 인부들을 기다려야 한다. 다음 주 월요일에 시작한다고 했지만 아빠는 "믿을 수가 있어야지. 와야 오는 거라니까"라고 말했다. 나는 인부들이 빨리 왔으면 하는 마음이다. 어서 통창이 설치되고 흰 페인트가 칠해지기를!

바보 같은 생각이지만 서쪽 벽이 없어지고 나머지 벽을 새로 칠하면 모든 게 잘 될 것 같은 느낌이다. 커다란 관처럼 생긴 이 텅 빈 거실에서 잔이 양말만 신고 미끄럼질을 하는 것도 그만둘 테니. 파리에서는 잔이 그러는 걸 한 번도 못 봤다. 파리 집 거실도 크고 나무 바닥이었는데 말이다. 이 거실이 나한테는 그러지 않는데 잔에게는 어떤 영감이라도 주는 모양이다. 피겨스케이트나 체

조에 재능이 샘솟는 걸까? 잔은 몇 시간이고 지치지 않고 미끄럼질을 한다. 나는 왠지 소름 돋지만 새엄마와 아빠는 아무렇지도 않은 것 같다. 오히려 잔이 집중할 만한 일이 생겼다고 좋아하는 눈치다. '무도회장'이 된 거실에서 잔이 왈츠를 추는 동안 새엄마와 아빠는 편안하게 각자 공사에 열중할 수 있다.

오늘 아침에는 스카이프로 폴과 만났다. 와, 폴은 정말 까맣게 그을었다. 우리가 있는 곳이 날씨는 서로 비슷한데 피부는 흑과 백이었다. 자외선 차단제를 듬뿍 발랐는데도 나는 코만 빨개졌고, 폴은 까만 올리브 같았다.

화면에는 폴 뒤로 멋진 수영장과 데크가 보였다. 빨간 비키니를 입은 모델 같은 여자아이가 잠깐 지나갔다. 나도 모르게 탄성이 새어 나왔다.

"대박!"

내가 왜 흥분하는지 보려고 폴이 뒤를 돌아보았다.

"아, 쟤? 내 사촌 노르마야."

"바비 인형 같아!"

"진정해. 친구 가족한테 그렇게 말하는 거 아니야. 예절 교육 밥 말아 먹었어?"

폴이 짐짓 충격을 받은 척하며 말했다. 나는 웃음이 터졌다.

"미안. 그건 그렇고, 잘 지내?"

"그럼. 보시다시피. 너는?"

"글쎄, 시골은······. 한번 볼래?"

"좋지!"

나는 양손으로 노트북을 들고 집 안을 돌아다니며 웹캠으로 폴에게 모든 방을 보여 주었다. 이따금씩 폴이 폴다운 평가를 던졌다. "찢었다!" "거대하네." "헉, 여긴 겁나 무섭다." 아래층에서는 새엄마와 아빠가 점심 준비를 하고 있었다. 잔은 크레용을 주변에 널어놓은 채 열심히 그림을 그리는 중이었다. 어찌나 집중했던지 내가 지나가도 보지 못한 것 같았다. 새엄마와 아빠는 화면에 대고 손을 흔들어 폴에게 인사를 했다.

"안녕, 폴?"

그리고 나는 폴과 밖으로 나갔다. 폴에게 마당을 조금 보여 준 다음, 노트북을 든 손을 뻗어 멀리 있는 밭과 언덕, 숲을 보여 주었다. 폴이 내 고독을 느낄 수 있도록.

"와! 대단하네."

"그러니까."

폴도 도시 남자다. 마르세유에서 태어나서 네 살부터 파리에서 쭉 살았다. 나는 현관 앞 계단에 앉아서 노트북을 무릎 위에 올려놓았다. 화면 너머 폴은 당황하는 모습이 역력했다.

"풍경은 정말 아름다운데, 너 혼자네?"

나는 어깨를 으쓱했다.

"누구랑 같이 있었으면 좋겠냐?"

"글쎄, 이웃도 없어?"

"없어. 더 멀리 나가 봐야 할 것 같아. 이사한 날부터 주변에서 인간이라고는 찾아볼 수 없었다니까. 솔직히 제일 가까운 집이 얼마나 떨어져 있는지도 몰라."

이 말을 하면서 내가 발견했던 폐가가 생각났다. 폴에게 얘기할 뻔하다가 나도 모르게 그만두었다. 멋진 수영장과 빨간 비키니를 입은 애들이 있는 천국 같은 섬에서 방학을 보내는 폴이 들으면 코웃음 칠 것 같았나 보다.

폴은 진심으로 놀라는 것 같았다.

"그럼 너 온종일 뭐 해?"

"자전거 타기도 하고, 스케이트보드도 좀 타고. 근데 여기는 길이 안 좋아. 영화나 드라마만 엄청 보고 있지. 아빠 공사 일도 거들고. 할 일이 많아."

폴은 한숨을 쉬었다. 뒤로 노르마가 또 지나갔다. 이번에는 온몸이 물에 젖어 있었다. 화면을 확대해서 더 크게 보고 싶은 마음이 들었다.

"친구야, 안됐다."

무슨 일이 있어도 폴에게는 불쌍해 보이고 싶지 않았다.

"아니, 난 괜찮아. 날씨도 좋고, 덥고, 돌아다니면서 생각도 많이 하고. 너만 여기 있으면 천국 같을 텐데."

"데이팅 앱이라도 깔아야 하는 거 아니냐?"

"쳇, 그만해!"

내가 화난 척하자 폴은 여느 때처럼 기운을 북돋아 주었다.

이제 점심을 먹으러 갈 시간이었다. 잔의 명령이니까! 오후에는 핵전쟁 방공호에 가 볼 예정이다.

그곳이 방공호가 아니라는 건 나도 안다. 하지만 이 넘치는 상상력을 어쩌겠어. 대단한 모험을 떠날 것 같은 기분이라 꼭 방공호라는 말을 쓰고 싶었다.

폐가는 마야 신전,

리빙룸은 나쁜 전파,

지하실은 핵전쟁 방공호,

소나무집은 그림자 집.

프랑스 대혁명 기념일에 이렇게 한가하게 시나 짓고 있는 게 재밌냐 하면, 사실…… 한심하다. 하지만 일단은 지금 생활에 적응하는 게 먼저니까.

어차피 난 불꽃놀이 따위 질색이기도 하고.

2017년 7월 14일 금요일

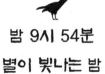

밤 9시 54분
별이 빛나는 밤

점심을 먹고 난 뒤 손전등을 가지고 마당으로 나갔다. 집 뒤로는 손질한 지 오래된 나무와 풀이 무질서하고 빽빽하게 자라고 있었다. 새엄마가 말한 것처럼, 잡초 사이로 땅에 커다란 나무 문이 나 있었다.

나는 눈을 들어 숨을 내쉬며 정면을 응시했다. 숲과 오솔길을 보자 폐허가 된 집과 깨진 샹들리에의 음산한 모습이 떠올랐다.

(샹들리에 꿈을 여러 번 꿨다. 어떤 이미지들은 머릿속에서 떠나지 않으니 희한하다.)

나는 무릎을 꿇고 앉았다. 문은 옆으로 밀어서 여는 빗장으로 잠겨 있었다. (논리적으로 생각하면) 외부에서 문을 열어야 한다. 어찌어찌해서 겨우 문을 들어 올렸다. 문이 너무 무거워서 허리가 뻐근했다. 들어 올려진 문짝은 옆으로 쿵 떨어졌다. 잡초들이 육중한 무게에 짓눌려 쓰러졌다.

계단은 다락방 계단보다 좁고 가팔랐다. 내려가서 일단 손전등을 켜고 지하를 훑어보았다. 새엄마 말이 맞았다. 지하실은 텅 비어 있었다. 흙 반, 돌 반이었고 볼거리는 하나도 없었다. 공기는 습했고 시멘트 바닥은 울퉁불퉁했다. 벌레, 쥐, 지렁이, 어쩌면 그보다 더한 것이 득실댔을 게 틀림없다. 천장을 보니 거미줄이 치렁치렁 늘어져 있었다. 열대 지역처럼 습했지만 등골이 오싹한 느낌은 그 어느 때보다 강했다. 그냥 하는 말이 아니라, 진짜로 차가운 기운이 내 몸을 감쌌다. 마치 얼음장 속에서 누군가 숨을 내뱉고 있는 것처럼. 숨? 숨이라니. 갑자기 끔찍한 생각이 떠올랐다. 정말로 누군가 내 주위를 돌고 있는지도 모른다……. 나는 온몸을 벌벌 떨며 손전등으로 허공을 휘저었다. 물론 그곳에는 나 빼고 아무도 없었다. 적어도 눈에 보이는 존재는 나뿐이었다. 그래도 안심이 되지 않아 계단을 성큼성큼 올라왔다. 너무 빨리 올라오다가 헛디뎌서 다리가 부러질 뻔했다. 지상으로 올라오니 햇살이 너무 밝아 눈이 아플 지경이었다. 빛에 다시 적응될 때까지 손으로 눈을 가려야 했다. 나는 재빨리 지하실 문을 닫았다. 누군가, 아니 뭔가가 지하실에서 빠져나올까 봐 가슴이 쿵쿵 뛰었다. 빗장을 있는 힘껏 밀어 문을 잠그고 나니 그제야 마음이 놓였다.

나는 살면서 겁을 먹은 적이 한 번도 없다. 진짜다. 왜 거짓말을 하겠나? 지금은 누군가에게 말을 걸듯이 쓰고 있긴 하지만,

누가 이 일기를 읽는다고. 그런데 이 집은 왜 이렇게 무서운 거지? 바보가 된 기분이다. 새로운 환경에 당황했나 보다. 하지만 지난 일주일 동안 예전에는 느껴 본 적이 없는 공포와 멜랑콜리가 번갈아 느껴졌다. 심리 상담가라면 '향수병' 같은 바보 같은 병명을 대겠지?

어쩌면 그게 내 문제가 맞을 수도 있다. 이곳에 와선 좋은 일이 하나도 없었고, 나는 고향을 그리워하고 있는 거다.

손전등 탐험이 끝난 뒤 나는 불안하면서도 실망스러웠다. 미국까지 뻗은 비밀 터널이라면 언제나 준비가 돼 있지만……. 지상으로 올라온 나는 날카롭고 따가운 잡초에 아랑곳하지 않고 털썩 드러누웠다. 그리고 또 하루를 어떻게 보낼지 생각했다. 한숨을 내쉬고 내게 주어진 선택지를 떠올렸다.

마야 신전으로 되돌아갈까? (그러기엔 오늘 하루치 용기를 다 써 버렸다.)

용기를 내서 자전거를 타고 마을을 돌아볼까? (뭐 하러? 친구 찾으러? 그런 희망은 이제 거의 다 바닥났다.)

다락방을 탐험할까? (불가능. 온도가 50도는 되어서 눈썹에서도 땀이 날 정도다.)

아빠와 페인트를 칠할까? (온몸이 쑤신다. 밑칠을 하고 나서 몸 상태가 말이 아니다. 아프다고! 등! 팔! 온몸이!)

휴, 뭘 해야 좋을지 몰랐다. 아니, 아무것도 하고 싶지 않았다. 파리에 있었다면 영화 보러 갈 수도 있고, 친구들과 카페에 갈 수도 있고, 언덕이 많은 뷔트-쇼몽 공원에서 스케이트보드를 탈 수도 있고, 포르트 도레 수족관에 갈 수도 있었을 텐데. 파리에 있었다면 할 일이 너무 많아 뭘 선택해야 할지 몰랐을 텐데.

이런 생각은 그만해야 한다는 걸 잘 안다. 나는 이사를 왔고, 이제 옛날로 돌아갈 일은 없을 테니까. 몇 년 뒤에—제발 빨리!—대학에 가게 되면 도시로 가게 해 달라고, 대학 기숙사에라도 보내 달라고 할 수 있을 거다. 하지만 난 겨우 열여섯 살이니, 지금은 도망갈 구멍이 없다.

원하든 원치 않든 여기서 살 수밖에. 폴이 말한 것처럼 이 '대단한' 곳에서.

음산한 지하실에서 나온 뒤 나는 완전히 우울해졌다. 폴과 얘기를 나누고 좋아졌던 기분이 다 날아갔다. 나는 땀에 흠뻑 젖은 채 축 처져서 마당을 거닐었다. 발에 걸리는 대로 돌을 걸어차고 커다란 잎을 세우고 있는 풀 사이를 오갔다. 그러다가 바닥에 주저앉아 '몬스터플랜트'들을 넋 놓고 바라보았다. '몬스터플랜트'는 아빠가 만든 이름인데, 어렸을 때 봤던 〈제이스와 빛의 정복자들〉이라는 만화 영화에서 영감을 받았다고 한다. 구글에 검색해 보니 황당한 내용이었다. 미치광이 생물학자가 식량 부족 문제를 해결하려고 하다가 실수로 반 식물 반 동물인 괴물을 만들어 낸 이야기다. 그림도 얼마나 촌스럽던지! 하긴 아빠는 1970년대생이니까 옛날도 한참 옛날이지. 아무튼 나도 이 식물을 '몬스터플랜트'라고 부른다. 아주 잘 어울리는 별명 같다. 프랑스 남부와 멕시코, 중앙아메리카 등 더운 지방에서 많이 자라는 식물인데, 진짜 이름은 '용설란'이다. 바다 괴물 크라켄을 닮긴 했다. 바다가 아니라 땅에서 솟아올랐을 뿐. 실제로 용설란은 위험하다. 촉수처럼 사방으로 뻗어 자라는 큰 잎은 가장자리가 칼날처럼 날카롭기도 하고 가시가 돋기도 한다. 선인장 꼴이 되고 싶지 않다면 용설란에 함부로 덤비면 안 된다. 그런데 언젠가부터 몬스터플랜트를 보고 있으면 머릿속이 정리된다는 걸 깨달았다. 그리고 왠지 모르게 마음이 진정된다. 하늘로 솟은 푸르고 노란 잎, 마치 커다란 사냥칼의 날카로운 날처럼 생긴 잎을 보고 있으면 마음이 차분히 가라앉는다. 언젠가 필요할 때 잎을 뽑아서 검처럼 쓸 수 있는 날이 오지 않을까? 그런데 적이 눈에 보이지 않는 존재일 때는 어떻게 싸우지?

(흠, 이젠 완전히 헛소리를 하는군.)

나는 오후 내내 그렇게 마당에 앉아 있었다. 입을 꾹 다물고 있는 몬스터플랜트들을 바라보는 게 지겨워진 뒤에는 휴대폰을 꺼내 슈퍼 마리오 게임을 했다. 그렇게 시간이 흐르고, 아마도 너무 더워서였는지 다시 세찬 비가 내리기 시작했다. 나는 순식간에 빗물과 흙 범벅인 좀비가 되었다. 욕실에서 새엄마가 비누를 건네며 잔소리도 함께 퍼부었다.

한마디로 오늘은 자랑스러운 혁명 기념일과는 거리가 멀었다.

2017년 7월 15일 토요일

오후 2시 12분
맑음

오늘 아침에는 평소와 다르게 주변을 어슬렁거리며 할 일을 생각해 내느라 머리를 쥐어짰다. 내 생활은 점점 더 〈사랑의 블랙홀〉이라는 영화를 닮아 간다. 내가 좋아하는 이 영화의 불쌍한 주인공에게는 매일 똑같은 날이 반복되는데, 이 희한한 저주는 풀방법을 찾을 때까지 계속된다.

나는 발길이 닿는 대로 나아가며 집을 가로질렀다. 길 끝에 다다르니 '소나무집'이라는 우울한 표지판이 보였다. 아빠와 새엄마에게 코에 도시 바람 좀 넣고 싶으니 님에 데려가 달라고 조를까 생각하던 와중에, 드디어 일 하나가 터졌다.

음, 사실 아주 사소한 일이었다. 하지만 지금 같은 때 조금이라도 정신을 팔 데가 생겼으니 큰 사건이라고 할 수 있다.

멀리서 노란 차 한 대가 다가오고 있었다. 딱 보니 우편 배달을 하는 차였다. 차는 내가 서 있는 곳에 멈춰 섰다.

시동이 꺼지더니 젊은 여자가 내렸다. 업무용 조끼, 딱 달라붙는 청바지, 남색 폴로 티를 입고 굽 높은 샌들을 신고 있었다. 여자는 내게 다가오더니 철문의 철장 사이로 나를 뚫어지게 바라보았다.

"여기가 모네스티에 씨 집이니?"

나는 조금 놀라며 고개를 끄덕였다.

"소포 왔어."

나는 꼼짝하지 않고 바보같이 문 뒤에 서 있기만 했다. 여자가 슬슬 초조해 보였다. 구불구불한 긴 갈색 머리가 잔이 즐겨 보는 영화에 등장하는 공주 같았다. 숲처럼 푸르고 커다란 눈동자가 시선을 사로잡아 얼굴은 잘 보이지 않았다.

"엄마 계시니? 아빠는? 여기 서명해야 하는데."

나는 뭐에 홀렸던 사람처럼 다시 정신을 차렸다. 높은 샌들 굽이 진흙 속에 파묻히는 게 보여서 얼른 문을 열어 주었다.

"제가 해도 돼요. 제가 아들이에요."

여자는 씩 웃었다. '아, 그러셔?' 하는 비웃음 같았다. 그러고는 내게 자기 쪽으로 와 보라고 했다. 차 뒤쪽으로 따라갔더니 커다란 소포 두 개가 보였다.

"이거 혼자 들 수 있겠어? 내가 이 집 알거든. 이 지역에서 일한 지 한참이라."

'한참'이 얼마를 말하는 걸까? 스무 살 정도밖에 안 되어 보이는데. 아무튼 무슨 말을 하려는 건지는 알아들었다. 무거운 소포 두

개를 들고 가기에는 집이 멀다는 것.

"뭐 해? 타. 집까지 배달해야지. 나는 프로니까."

여자는 뒤돌아서더니 차에 올라 시동을 켰다. 내가 가만히 있자 경적을 울리며 창문 밖으로 외쳤다.

"올 거야, 말 거야?"

나는 온 힘을 다해 철문을 열어 차가 지나갈 수 있게 한 다음 차에 올라탔다. 여자는 '쯧쯧, 굼뜨기는⋯⋯' 하는 눈빛으로 나를 바라보았다. 하지만 나는 여자에게 너무 반해 화가 나지도 않았다. 여자는 기어를 넣고 진흙 길로 들어섰다.

"이름이 뭐야?"

"말로요."

"여기 이사 오니 좋아?"

나는 어깨를 으쓱했다.

"모르겠어요. 온 지 얼마 안 돼서."

비가 온 뒤라 길은 파인 곳도 많고 물웅덩이에 부러진 가지 천지였다. 여자는 핸들을 꽉 붙잡고 차가 옆으로 미끄러지지 않게 하려고 집중했다. 손톱을 보니 저마다 다른 색의 매니큐어가 칠해져 있었다. 잔의 무지개색 포니 인형이 생각났다.

"그렇겠지. 파리에서 왔으니 여긴 외딴섬 같을 거야."

나는 깜짝 놀랐다. 어떻게 알았지? 내 표정을 본 여자는 웃음을 터뜨렸다. 이번에는 내가 정말로 바보 같았다.

"여기 사람들 다 알아."

"그 정도예요?"

"파리에서 이런 곳으로 이사 왔다니 사람들이 관심을 안 가지겠어? 프라셰 부부와도 다르고. 아, 전 주인들 말이야. 조금 더 젊으니 신선하지."

나는 다시 한번 어깨를 으쓱거렸다. 내겐 이 여자가 이곳에서 만난 최초의 인간이다. 그러니 마을에 떠도는 소문을 내가 알 리가 있나.

"몇 살?"

"열여덟이요."

툭 하고 거짓말이 나왔다. 여자가 예뻐서 그랬던 것 같다. 물론 멍청이 같은 짓이지만. 내가 열여섯이든 열여덟이든 무엇이 중요할까. 여자에게 나는 그저 어린아이일 뿐이다.

집까지 사흘이 걸렸으면! 하지만 가는 데는 3분밖에 안 걸렸다. 여자는 조금 거칠게 차를 세우더니 아무 말 없이 나를 바라보았다. 나는 몇 초 뒤에야 정신을 차리고 차에서 내렸다.

"아빠 불러올게요."

아빠가 서류에 서명한 뒤 우리는 여자가 소포 내리는 걸 도왔다. 얼마나 무겁던지! 아빠가 고맙다고 인사하자 여자는 "아닙니다" 하며 살짝 고개를 끄덕였다.

여자는 다시 차에 올라 떠났다.

아빠와 나는 소포를 집 안으로 가져갔다. 새엄마는 좋아서 넋이 나갔다. 드디어 주문한 물품들이 도착한 거다.

그렇게 흥분할 만한 물건들은 아니던데. 이불 커버 한 개, 침대 맡에 놓을 작은 탁자 두 개, 큰 전기스탠드 한 개가 고작이었건만, 새엄마는 마치 크리스마스 선물을 열어 보는 아이처럼 신났다.

나도 크리스마스 같았다.

그러고 보니 여자의 이름도 물어보지 않았다…….

2017년 7월 17일 월요일

오전 10시 41분
맑음

오늘 아침 인부들이 도착했다. 집은 아수라장이었다. 아침 8시부터 쿵쿵거리는 소리에 깜짝 놀라 잠에서 깼다. 집이 무너지는 줄 알았다.

우체국에서 온 그 누나 꿈을 꾸고 있었는데. 깨고 싶지 않았는데. 아저씨들 때문에, 흑! 자세한 건 기억나지 않지만 아주 오랜만에 행복한 기분에 젖어 있었다.

아침이 오지 않았으면 좋았을 뻔했는데.

짜증이 난 채로 아침을 먹으러 부엌으로 들어갔다. 옆 방에서 공사 도구들이 거의 콘서트를 열고 있는데도 가족들은 모두 활기차 보였다. 아빠는 한가하게 기타를 뜯으며 새로운 코드를 만드는 중이었고(기타 소리가 들리긴 했는지 모르겠다), 새엄마는 휴대폰을 만지작거리고 있었다. 아마 일 때문일 것이다. 프리랜서 기자로 일하는 새엄마는 심리학에 관한 기사('핸드백에 넣어 다니는 물건은 당신의 무의식을 반영한다', '자기애가 강한 변태의 가면을 벗기는 방법', '가족과 떠나는 휴가에서 살아남기' 등)를 쓴다. 잔은 주변 소음이 하나도 안 들리는 사람처럼 초집중 모드로 마들렌을 핫초코에 담그고 있었다. 요즘 잔은 진짜 이상하다. 소통이 안 되는 느낌이다. 물론 열 살 차이가 나긴 하지만, 그게 문제가 되나? 파리에 있을 때는 오만 가지 방법으로 소통했었다고. 거기에서 나는 확실히 잔의 오빠였다. 그런데 요즘 잔은 내가 안중에도 없다. 원래도 잔이 말이 많은 편은 아니다. 신중하고 예민하고 얌전한 아이다. 하지만 차분하면서도 밝았다. 물론 나이답게 악몽을 꾸기도 하고, 가끔은 삐치고 변덕도 부린다. 하지만 이곳에 이사 온 뒤로 잔의 기분 변화는 꼭 롤러코스터 같다. 어떨 때는 무슨 약이라도 먹은 것처럼 이유 없이 싱글벙글하다가 또 어떨 때는 금방 죽을 것처럼 창백하고 조용하다. 방구석에 쭈그리고 앉아서 혼잣말을 하기도 하고, 발작을 일으킨 머릿니처럼 사방을 뛰어다니기도 한다. 예전의 잔이 아니다. 아빠와 새엄마는 눈치채지 못한 것 같다. 그게 가장 무섭다. 등잔 밑이 어둡다는 말이 맞나 보다. 새엄마는 심리학자로서 자질이 없는 게 아닐까? 자기 딸이 이상한 행동을 하는데도 알아보지 못하다니?

나는 이 글을 쓰면서 창문 너머로 마당을 내다보고 있다. 소포에는 트램펄린도 들어 있었다. 내 방 창가 아래에 트램펄린을 설치했는데, 잔이 벌써 한 시간 째 그 위에서 폴짝폴짝 뛰고 있다. 인부들이 거실 공사를 하고 있어서 미끄럼질 놀이를 못 하니까 밖에 나가서 뛰는 거다. 위험하지 않은 걸 알면서도 다칠까 봐 걱정이다. 왜 그런지 이곳에서는 최악의 경우만 생각하게 된다. 분명 새엄마가 잔을 보고 있을 것이다. 새엄마는 자기가 기사를 쓰는 잡지에 표현된 것처럼 자식을 '과잉보호'하는 엄마니까. 그래도 걱정된다. 이 집에 온 뒤로 새엄마의 관찰 능력은 바닥이 난 것 같다. 잔이 이상해진 것도 모르고, 이 집이 이상하다는 것도 모른다. 내가 이상하다고 하는 건 이 집의 인테리어가 아니라고!

내가 못된 애인 것 같아도 그건 겉모습일 뿐이다. 새엄마는 나에게 항상 잘해 줬다. 엄마가 죽었을 때 나는 겨우 일곱 살이었다. 물론 엄마의 죽음은 슬펐다(언젠간 이 얘기를 써 봐야겠다). 아빠는 그로부터 몇 년 뒤에 새엄마를 만났다. 두 사람이 어떻게 만났는지는 잘 모른다. 아빠가 새엄마를 소개해 줬을 때 나는 열 살이었다. 그해 봄, 내 생일파티에도 새엄마가 왔다. 분홍색 꽃무늬 원피스를 입고 예고도 없이 나타났다. 물론 아빠가 "아빠 애인이야"라며 소개한 것도 아니고 "네 새엄마야"라고 말한 것도 아니다. 하지만 이 아줌마는 다른 여자들과 다르다는 걸 느꼈다. 아빠의 여자 사람 친구들이나 여자 동창들, 엄마 친구들 같지 않았다.

그때 새엄마가 임신 중이었다는 건 나중에 알았다. 너무 빠른 거 아닌가……. 물론 아빠에게는 정상참작의 사유가 있다. 충격적인 상황에서 갑자기 아내를 잃었다는 사실, 수많은 질문을 품은 어린 아들을 홀로 키워야 했다는 사실, 제대로 생활하기 힘들 정도로 은행에 돈이 없었다는 사실 등등.

그래도 너무 빨랐다.

내 말은, 내가 새엄마를 사랑한다는 거다. 새엄마도 나를 사랑한다. 그것은 믿어 의심치 않는다. 친엄마는 아니지만 엄마 역할을 맡았고 나도 그걸 받아들였다. 마음을 크게 열고. 하지만 잔은 새엄마의 친딸이다. 새엄마가 배 아파 낳은 진짜 자식. 새엄마가 잔과 나, 둘 중 한 사람을 골라야 한다면 분명 잔을 고를 것이다.

내가 왜 이런 생각을 하는지 모르겠다. 전엔 이런 적이 한 번도 없었는데.

우리가 위험에 처하고 끔찍한 일이 (또) 벌어질 것 같아서, 내게 가장 소중한 사람을 잃는 경험을 다시 할 것만 같아서……

으악! 정신이 나가 버릴 것 같다. 더워서 그런가?

자전거나 타러 가야겠다.

2017년 7월 18일 화요일

밤 8시 44분
해 질 무렵

오늘은 온종일 쏘다니느라 일기를 더 빨리 쓸 수 없었다. 얼마나 녹초가 되었던지 마라톤을 완주한 선수처럼 침대에 쓰러졌다. 저녁에 새우구이를 먹은 덕분에 조금 기운을 차렸다.

오늘은 '마야 신전'에 다시 가 보았다.

자전거 페달을 밟으니 지난번처럼 땀이 비 오듯 쏟아졌다. 요즘 날이 점점 더 더워지고 있다. 거대한 헤어드라이어를 머리에 쓰고 사는 느낌이다. 〈스페이스볼〉에 나오는 정신 나간 공주처럼 말이다.

처음에는 어떻게 가는지 잊어버려서 길을 잃었다. 그러다가 다른 장소들을 몇 군데 발견했는데, 그중에 강도 있었다. 강에 뛰어들고 싶은 생각이 들었지만 지체할 수 없었다. '완수해야 할 임무가 있는데 여기서 물놀이나 할 수는 없지.' 좀 우스운 생각이지만 나는 원래 우스운 생각을 하는 그런 놈이다. 폴은 그게 내 매력이란다.

아무튼 지난번에 지났던 공터를 찾았고 거기에서 자전거를 두고 이끼 위에 누워 한숨 돌렸다.

조금씩 주변을 알아볼 수 있었다.

앗, 저기 바위!

앗, 저기 구불구불한 뿌리! 저기 걸려 엎어질 뻔했었잖아.

다시 길을 가다가 지난번보다 조금 더 높은 곳에서 다시 자전거를 내팽개쳤다. 지난번에 흰 자갈을 모두 주워 주머니에 보관하고 있다가 오늘도 무겁게 들고 나갔다. 그날 놓아둔 자갈들이 하얗게 반짝이던 모습이 떠올랐다. 그 이미지가 아직 머릿속에 남아 있다. 어렸을 적 읽었던 『엄지 동자』의 잔상이 아직 완전히 사라지지 않은 것처럼……. 그곳을 잘 알게 됐으니 이번에는 돌을 놓아둘 필요가 없었다. 방향감각과 시각 기억력이 좋은 덕분이다. 머릿속 좌표들을 따라, 나는 결국 다시 폐가를 찾아냈다.

집은 내 기억보다 더 많은 식물로 뒤덮여 있었고 더 외진 곳에 더 기묘한 분위기를 풍기며 서 있었다. 너무 바보같이 적었나? 식물이 며칠 만에 그만큼 자라지 않는다는 건 나도 잘 안다. 그냥 느낌이 그랬다는 거지.

나는 휴대폰을 꺼냈다. 딱히 지난번보다 더 잘 나오는 건 아니었지만 사진을 많이 찍었다. 영상도 찍었다. 폴에게 보여 줄 생각으로 폐가 전체 영상을 찍은 거다. 이런 시골에도 재미있는 일이 있다는 걸 보여 주고 싶었다. 천국의 해변에서 사촌 친구들을 꼬이는 것보다 더 독창적인 일이 있다는 걸 꼭 보여 줘야지!

폐허가 된 이 집은 꼭 내가 세상의 변두리에 와 있는 느낌을 준다. 그곳에 가면 금지된 땅을 침범하는 느낌, 법을 어기는 느낌이 든다. 인간의 법이 아니라, 뭐랄까, 하늘의 법? 아무튼 그런 식으로 생각하고 싶다. 현실을 소설처럼 각색하고 미스터리를 갖다 붙이는 게 재미있다. 나는 늘 그랬다. 내가 가진 비현실적인 면이랄까. 하지만 이곳에 이사 온 뒤로는 달라졌다. 예전에는 현실을 더 아름답게 꾸몄다면, 지금은 더 어둡게 그린다. 그러고 싶어서 그러는 게 아니다. 이곳이 나를 그렇게 만든다. 소나무집, 숲, 마야 신전……. 한낮에도 모든 게 위협적으로 느껴진다.

누군가 이 글을 읽는다면 내가 관심받고 싶어 그러는 걸로 생각할지도 모르겠다. 혹은 내가 환상을 품고 걱정거리를 미스터리로 바꾸려 한다고 생각할지도. 그럴 만하다. 나도 그렇게 믿고 싶으니까…….

그건 그렇다 치고.

거기서 나는 누군가를 봤다.

(봤다고 착각하는 걸지도.)

폐가 전체를 다시 둘러보았지만 지난번과 다른 것은 아무것도 없었다. 누군가 화장실로 썼는지 구석에서 마른 똥과 더러운 휴지를 새로 발견한 것만 빼면. 그런데 빈집을 나오려는 순간, 지붕이 없는 방에서 뭔가 허연 실루엣이 휙 하고 지나갔다. 심장이 가슴을 뚫고 튀어나오는 줄 알았다. 나는 그 자리에 서서 꼼짝하지 못했다. "거기 누구 있어요?"라고 외쳤지만 아무 대답도 없었다. 겨우 발걸음을 떼고 걸으며 다시 허공에 대고 누가 없는지 물었다. 소리를 더 크게 내고 싶었는데 마치 숲이 집어삼킨 듯 소리가 작아졌다. 그때 그 악몽이 생각났다. 작은 상자 악몽. 나는 기절하는 줄 알았다. 그러다가 다시 세 번째로 외쳤다. 역시 아무런 소리도 들려오지 않았다. 무서워 목이 멘 채로 다시 집을 한 바퀴 돌았으나 아무도 없었다. 꿈이었나? 여기서 급한 용무를 해결하려던 사람이었을까? 누가 있는 걸 알고 창피해서 걸음아 날 살려라 도망간 걸까?

마음을 진정시키려고 이런 생각을 했다.

'그렇지. 지나가는 사람이었을 거야. 그냥 지나가는 사람.'

대화 상대가 없어서 머리가 이상해진 걸 거다. 진짜 외로움을 겪는 건 처음이니까. 이 일기장을 우습게 봤는데 이렇게 되고 보니 너무 소중하다. 잔도 걱정이지만 나도 이곳에 온 뒤로 혼잣말이 늘었다. 물론 자주 그런 건 아니지만, 그래도. 이러다가 사람이 미치는 건가? 모든 걸 처음부터 다시 시작해야 하는 새 학교에 가기 싫었는데, 어쩌면 이런 상황에서는 학교에 가는 게 도움이 될지도 모르겠다. 말도 안 되는 이유로 걱정하지 않고, 늘 최악의 시나리오만 생각하지 않고, 여동생이 이상하다고 생각하지 않고, 집이 무섭다고 생각하지 않을 수도 있겠다.

앞으로 한 달 넘게 남았다. 여름을 좋아하는 내게 이렇게 여름이 길게 느껴졌던 적이 없다.

여름이 끝날 것 같지 않다.

2017년 7월 19일 수요일

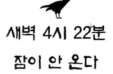

새벽 4시 22분
잠이 안 온다

새벽 3시 정각. 잔이 또 시작했다. 이번에는 내가 가장 먼저 잔의 방에 도착했다. 어젯밤에 새엄마와 아빠가 술을 좀 거나하게 마신 모양이다. 두 사람이 가끔 그런다는 걸 나는 알고 있다. 나도 이제 어린애가 아니다. 거실이 엉망인 걸 보고 우울해진 걸까? 나는 끔찍한 거실에 들어갈 수 없다는 게 마음이 진정되고 좋았는데. 아무튼 잔은 귀신에 씐 사람처럼 소리를 질러 댔다. 그런데 불을 켜자 비명이 뚝 그쳤다.

오늘 잔은 침대에 앉아 있지 않고 바닥에 배를 대고 누워 있었다. 꼭 죽은 것처럼 보여서 소름이 돋았다.

"아가야, 뭐 하고 있어?"

잔은 대답하지 않았다. 바닥에 한쪽 볼을 대고 큰 눈을 뜬 채 누워 있는 모습이 끔찍했다. 눈동자는 흐릿하고 어두워서 산 사람처럼 보이지 않았다. 나는 다가가 잔을 억지로 일으켜 세웠다. 사실 그러면 안 됐다. 몽유병 환자를 갑자기 깨우면 안 된다고 들었다. 하지만 그때는 너무 무서워서 그런 게 생각나지 않았다.

잔은 드디어 몸을 일으켜 바닥에 앉았다.

"잔, 뭐 하는 거야?"

잔은 나를 쳐다봤다. 잔의 눈이 원래대로 돌아왔다. 파랗고 커다란 눈에 눈물이 가득 고여 있었다.

"자기 얘기를 들어 달라고 하잖아."

잔은 턱을 부들부들 떨며 속삭였다.

"누가? 도대체 누구 얘기를 하는 거야?"

"폴린 말이야."

기억을 더듬어 보았지만 모르는 이름이었다.

"폴린이 누구야?"

"내 친구."

벨빌에 폴린이라는 친구는 없었는데? 잔의 어린이집 친구를 다 아는 건 아니지만 폴린은 분명 모르는 이름이었다.

"네 친구? 어디 친구 말하는 거야?"

잔은 입을 꾹 다물어 버렸다. 그제야 잔이 안고 있던 인형이 눈에 들어왔다. 얼굴만 초현실적으로 만들어 놓은 솜인형이었다. 아가트 이모가 세 살 생일 때 선물로 준 그 인형을 잔은 손에서 놓지 않았다. 잔은 그 인형을 '아가'라고 불렀는데, 내가 잔을 아가라고 부르는 걸 듣고 난 뒤부터였다. 나한테 영향을 받은 것 같다. 그것도 내가 아직 자기 오빠였을 때 일이지만…….

그때 새엄마가 방으로 들어왔다. 헝클어진 머리에 아직 잠에서 깨지 못해 눈을 반쯤 감은 채였다.

"무슨 일이야?"

"악몽 꿨어요. 또요."

"아, 고마워, 말로. 어서 가서 자. 미안하다."

나는 얌전히 새엄마 말을 듣고 방으로 돌아왔지만 통 잠을 이루지 못했다. 방 안을 서성이다가 잠을 자야겠다는 생각을 버렸다. 그래서 불을 켜고 이 일기를 쓰고 있다.

일기를 쓰지 않으면 눈물이 날 것 같다. 아니면 주먹으로 벽을 쳐 버릴 것 같다.

파리에서도 문제가 있었다. 학교에 짜증 나는 애들이 있었다. 또 테러가 벌어져서 무서웠다. 지하철, 기차역, 상가에 사람이 너무 많이 모이면 겁이 났다. 하지만 이번에는 다르다. 이곳에서 테러가 벌어질 리는 없고, 짜증 나는 애들도 여름이라 전국 곳곳으로 흩어져 멀리 있다. 게다가 다시 볼 일도 없다.

지금 느끼는 두려움은 다른 것이다. 어떤 면에서는 더 큰 두려움이다. 아무런 이유가 없으니까 말이다. 이런 시골에서 무슨 일이 벌어진다고. 산불 정도가 가장 큰 위험일 거다.

그런데 지금 불이 났나?

그렇지 않다.

그런데 왜 이렇게 겁이 나지?

아마 잔의 스케치북을 봤기 때문일 거다. 전화번호부처럼 두꺼운 진분홍색 스케치북. 그걸 보면 아주 어렸을 때부터 잔의 '예술'이 어떻게 변해 왔는지 알 수 있다. 처음에는 두 끝이 맞닿지 못한 삐쭉빼쭉한 동그라미, 반짝이 물감으로 그린 울퉁불퉁한 선 등 온갖 색으로 칠한 낙서로 시작한다. 몇 장을 넘기면 성냥개비처럼 생긴 사람이 그려져 있다. 얼굴은 작은데 손은 엄청 크게 그려 놨다. 반대로 얼굴은 아주 큰데 손은 아주 작게 그려 놓은 사람 그림도 있다. 그 뒤로는 네모난 집이나 잎이 우거진 나무가 그려져 있고 색도 그전보다 훨씬 잘 골랐다. 해님도 그리고, 자동차도 그리고. 잔은 자동차를 아주 좋아한다. 나중에 커서 트럭 운전사가 될 거라고 했다. 성과 공주도 빠질 수 없는 그림 소재다.

그렇게 오늘까지 오긴 왔는데…….

그림체가 너무 확 달라져서 소름이 돋을 정도였다. 우선 미적으로도 후퇴했다. 사람은 사람 같지 않고 그림자 같았다. 지금은 검은색, 황갈색, 빨간색밖에 쓰지 않는다. 배경도 마치 손을 떠는 사람이 그린 것처럼 서툴렀다. 물감에 물을 너무 많이 타는 바람에 종이가 젖었다가 말라 쭈글쭈글했다. 페이지를 넘기다가 잔이 나와 똑같이 느끼는 것 같아 덜컥 겁이 났다.

마지막 몇 장이 찢겨 나가고 없었던 건 말할 것도 없고!

2017년 7월 19일 수요일

오전 10시 42분
변덕스러운 날씨

조금 전에 아빠가 부엌에서 커피를 마셨다. 나는 아빠 앞에 서서 '어른'처럼 보이려고 양 주먹을 허리에 댔다.

"우리 문제 있지 않아?"

아빠가 눈 한쪽을 치켜떴다. 아빠는 정말 피곤해 보였다.

"문제라니?"

"아빠랑 새엄마, 폴린이라고 들어 봤어?"

"아……."

"뭐? 아……? 잔이 폴린 얘기한 지 한참 되지 않았어?"

아빠는 어깨를 으쓱했다.

"글쎄……. 일주일?"

아빠의 무심한 태도에 화가 났다. 나는 우당탕탕 의자를 끌어다가 아빠 앞에 앉았다.

"그런 친구가 있어? 폴린이라고?"

"내가 알기로는 없어. 네 새엄마도 모르고. 그런 이름 들어 본 적 없대."

"그런데 걱정 안 해?"

아빠는 커피 한 모금을 마셨다. 머그잔에는 '최고의 아빠'라고 적혀 있었다. 최고의 아빠는 무슨! 아빠는 힘들다는 듯 한숨을 내쉬었다.

"잔한테 상상의 친구가 있는 거야. 그게 뭐 어때서? 그 나이에 이상한 일은 아닌 것 같은데."

"아, 그래? 알았어."

내가 조롱하듯 대답하자 이번에는 아빠가 화를 내며 빈정거렸다.

"뭐야, 말로? 그럼 잔을 정신과라도 보냈으면 좋겠냐?"

"꼭 그런 건 아니지만 생각은 해 볼 수 있잖아. 내 말은…… 병원에 데려가야 하는 거 아니냐고. 요 며칠 동안 잔이 그린 그림 봤어? 한번 봐 봐."

아빠는 커피를 다 마시고 자리에서 일어나 컵을 싱크대에 가져다 두었다.

"잔은 아무 문제 없어. 이사 와서 조금 불안한 것뿐이야."

나도 그렇게 믿고 싶었지만 그렇게 되지 않았다. 나는 잔이 태어났을 때부터 잔을 봐 왔다. 잔이 태어났을 때 나는 열한 살이었고, 친엄마는 내 마음 언저리에 가 있었다. 엄마를 내 마음에서 떠나

보낸 건 아니었다. 엄마는 언제나 내 마음속에 있고, 영원히 남아 있을 것이다. 내 고통과 함께. 그게 좋은 건지 나쁜 건진 모르겠지만……. 어쩔 수 없는 일이다. 잔이 태어났을 때 나는 동생의 존재를 받아들이기 힘들었다. 그때는 어려서 내 생각을 잘 표현하지 못했다. 그런데 새로 태어나 생명력이 넘치는 아기는 죽은 엄마와 너무 대조되었다. 그게 어떤 자극 같은 걸로 느껴졌다.

나도 안다. 이기적이고 바보 같은 생각이라는 걸.

물론 그러다가 잔을 사랑하기 시작했다. 여동생이 정말 좋았다. 얼마나 귀엽게 생겼는지! 아마 볼드모트라도 여동생의 매력에는 사르르 녹았을 것이다. 지금은 아빠가 새로운 삶을 시작한 게 좋고 내 삶에 새엄마와 잔이 있다는 것도 좋다. 하지만 그렇게 간단한 문제는 아니다. 지금도 아빠에 대한 화가 풀리지 않는다. 나도 이사 때문에 불안하다. 그런데 내게 신경 써 주는 사람은 아무도 없는 것 같다.

이 집은 왠지 엄마에 대한 기억을 떠오르게 한다. 낡은 폴라로이드 사진의 색이 선명해지고 마음을 짓누르던 돌멩이가 다시 생겨나는 기분이다.

그럴 때면 나는 스케이트보드를 집어 든다.

엄마가 첫 스케이트보드를 사 줬을 때 나는 다섯 살이었다. 보드 크기가 하도 작아서 장난감 같았다. 나는 거대한 안전모를 쓰고 거대한 팔 보호대, 거대한 무릎 보호대를 했다. 엄마는 내게 말했다.

"이제 넘어져도 돼. 다시 일어설 수 있을 거야."

안전장치 없이 도로에 나가서 쌩쌩 달릴 거다. 이제 다 컸으니까. 엄마가 아무 예고 없이 날 떠났으니까.

내가 다시 일어설 수 있을지 어디 두고 보자.

2017년 7월 22일 토요일

밤 8시 42분
땅거미 진 하늘

나는 만화책을 들고 집 앞 계단에 앉아 있었다. 집중이 안 돼서 만화책은 읽는 둥 마는 둥 했다. 잔의 그림과 마야 신전이 머릿속에서 떠나지 않았고, 또 너무 더웠다.

12시에 우체국 누나가 왔다. 온라인 쇼핑에 빠진 새엄마가 얼마나 고맙던지!

"안녕, 말로?"

"안녕……."

누나는 손을 들어 하이파이브를 청했다.

"내 이름은 릴리야."

나는 누나의 손바닥을 쳤다. 드디어 누나의 이름을 알게 되었다. 새로운 세상이 열리는구나!

"안녕, 릴리 누나?"

누나는 웃으며 지난번처럼 나를 놀렸다. 창가에서 배달 차량이 도착하는 걸 본 새엄마가 서둘러 밖으로 나왔다. 그리고 배달 서류에 서명하고 소포를 챙긴 뒤 거대한 선물이라도 받은 듯 신이 나서 소포를 양손으로 들고 집으로 다시 들어갔다. 릴리 누나는 재미있다는 듯 새엄마를 바라보다가 내게 시선을 돌렸다.

"너희 엄마, 진짜 젊으시네?"

나는 어깨를 으쓱했다.

"친엄마는 돌아가셨어. 새엄마야."

내가 대답하자 누나가 어쩔 줄 몰라 했다.

"미안."

"아니야. 오래된 일이야."

누나는 잠시 생각하더니 물었다.

"배달 다 끝났는데 우리 소풍 갈래?"

나는 깜짝 놀랐다. 그리고 어린애 같은 대답을 했다.

"새엄마한테 물어보고."

누나는 차에 등을 기대고 담배를 꺼내 물었다.

"그래, 물어보고 와."

누나는 나를 강가로 데려갔다. 마야 신전을 보고 오는 길에 우연히 발견했던 바로 그 강이었다.

누나는 차에서 빵, 치즈, 멜론, 딸기, 와인을 꺼내 왔다. 그리고는 풀과 자갈이 섞인 바닥에 체크무늬 담요를 깔고 그 위에 음식들을 아무렇게나 늘어놓았다. 여전히 놀라 있는 내게 누나가 말했다.

"토요일에는 시장이 열려. 내가 배달하러 가면 사람들이 이런 걸 주지. 배달 끝나고 나면 나도 주말에는 쉬니까."

나는 웃으며 대꾸했다.

"뇌물이네."

"맞아!"

나는 담요 위에 올라가 앉았고 누나는 서서 손으로 얼굴에 부채질을 했다.

"더워 죽겠다."

그러고는 차 뒤쪽으로 갔다.

나는 누나가 뭘 하는지 보려고 없는 배 힘으로 몸을 뒤로 젖혀 차 뒤쪽을 살폈다. 하지만 아무것도 보이지 않았다. 얼마 뒤 누나가 옷을 바꿔 입고 나타났다. 청바지와 남색 티셔츠 대신 빨간 반바지와 '여름이 왔어요'라고 쓰인 흰 민소매 티를 입고 있었다. 머리도 뒤로 아무렇게나 말아 올려 묶었다. 누나의 볼이 발갛게 달아올라 있었다.

누나는 음식을 꺼내 놓으며 아무렇지도 않게 내게 와인까지 따라 주었다. 그러고는 컵을 들어 올렸다.

"이사 온 걸 축하해, 말로."

우리는 건배를 했다.

누나도 마시고, 나도 마셨다. 청명한 소리를 내며 흐르는 강물은 의외로 시원했다. 엄마 생각이 났다. 엄마는 물을 보기만 하면 뛰어들었다. 장소나 계절은 아랑곳하지 않았다. 호수든 바다든 강이든. 여름이든 겨울이든. 엄마는 여행 갈 때면 꼭 수영복을 챙겼다. 지금도 엄마가 "나는 래브라도인가 봐. 물이 있으면 꼭 뛰어든다니까"라고 말했던 게 기억난다. 엄마가 물에 들어갔다가 입술이 파래져서 나오면 무서웠는데.

릴리 누나는 샌드위치를 만들면서 내 눈치를 봤다.

"여기가 정말 싫은가 보다."

정신을 차린 나는 정색을 했다. 그리고 음식을 가리키며 말했다.

"아니야. 소풍 와서 정말 좋아. 진짜 고마워."

누나는 웃으며 대꾸했다.

"아니, 네 기분 나도 알아. 이런 시골 싫지? 일부러 같이 오자고 한 거야. 네가 좀 안돼서."

누나는 솔직했다. 사실 애정 어린 말인 것 같았다. 나는 어깨를 으쓱했다.

"나는 도시에서 와서. 누나네 동네는 아름다워. 진짜로. 그래도 우울한 건 어쩔 수 없지만."

"그럼 뭐 하고 지내?"

나는 와인을 다시 한 모금 마셨다. 와인을 처음 마신 건 아니었지만 진짜 독한 와인이었다. 머리가 빙빙 돌았다. 솔직히 기분이 좋았다.

"탐험해."

"뭘?"

"할 일이 별로 없으니까 자전거 타고 여기저기 다녀. 주변을 돌아다니는 거지. 숲에서 폐가도 발견했어."

누나는 자기도 안다는 듯 웃었다.

"'샤토' 말이야? 여기서는 그 집을 다들 그렇게 불러."

"그래?"

"응. 애들이 그곳을 아지트로 만든 지 꽤 됐어. 나도 그랬고, 우리 부모님도 그랬고. 어릴 때 한 번씩은 거기서 죽치고 놀았지. 지금은 덜 그러는 것 같아. 마약 사건이 있었거든. 그러니까, 진짜 마약 말이야. 주사기에, 마약 중독자에……. 경찰이 단속 중이야. 애들 부모님들도 그렇고."

이 말에 며칠 전 보았던 사람 그림자가 생각났다. 그렇다면 마약 중독자였을지도 모를 일이다. 그렇게 생각하니 소름이 돋았다. 파리에서도 마약 중독자들을 본 적이 있다. 창백하고 쇠약한 중독자들은 단돈 5유로를 빼앗으려고 나를 죽이려 할 것 같았다.

"아무튼 놀라운 장소야. 거길 발견했을 때 깜짝 놀랐거든. 그리고 그 샹들리에!"

옛날 일을 회상하듯 누나는 초록색 눈을 더 크게 떴다.

"아, 그래, 그 샹들리에! 진짜 소름 끼치지 않아?"

나는 고개를 끄덕였다.

"거기 안 가 본 지 한참 됐네. 3, 4년 전만 해도 거기서 대마초 피웠었는데."

나는 용기를 내 물었다.

"누나는 몇 살이야?"

"스물두 살."

이렇게 대답하고 누나는 샌드위치를 하나 집어 내밀었다.

"파르메산 햄이랑 염소젖 치즈. 맛이 괜찮을 거야."

"고마워."

나는 샌드위치를 한 입 베어 물었다. 맛이 훌륭했다. 신선하고 짭조름하면서도 부드럽고 고소했다. 내가 맛있다고 하자 누나가 웃었다.

"이런 시골에도 좋은 점이 있단다. 너도 알게 될 거야."

우리는 잠시 아무 말 없이 강물만 바라보며 샌드위치를 먹었다. 숲에서 엘프나 요정이 뛰어나와도 놀랍지 않을 것 같았다.

"그 집, 주인이 누구였어? 샤토 말이야."

누나는 샌드위치를 한입 베어 물고 대답했다.

"정확히 아는 사람이 없어. 마을 노인네들 얘기로는 20세기 초까지만 해도 사람이 사는 집이었대. 그런데 전쟁 뒤에는……. 쾅! 1차 세계대전 말이야."

"사람들이 갑자기 사라졌다고?"

"그 집 사람들이 어떻게 됐는지 잘 모른다는 거야. 그걸 아는 사람들도 이젠 다 죽었고. 아무튼 솔직히 말하면 나는 관심 없어. 그 이후로 그 집에서 아주 많은 일이 벌어졌지."

"마약?"

누나는 어깨를 으쓱했다.

"그것도 그중 하나지. 모두 샤토에 가는 걸 좋아했지만 평판이 좋지는 않았어."

나는 갑자기 떠올라서 물었다.

"혹시 '폴린'이라고 알아?"

갑자기 누나의 얼굴에서 웃음기가 사라졌다.

"그건 왜 물어?"

거의 싸우자는 말투였다. 누가 봤으면 내가 누나 뺨이라도 때린 줄 알 정도였다. 나는 와인을 홀짝홀짝 마시면서 불편한 상황을 모면하려 했지만 실패했다. 누나가 기분이 몹시 언짢아 보여서 나는 얘기를 이어 가야 할지, 아니면 포기하고 다른 주제로 넘어가야 할지 결정하지 못했다. 그런데 누나가 갑자기 화가 난 게 너무 뜬금없다는 생각에, 호기심에 발동이 걸렸다.

"내 동생 때문이야. 여기로 이사 온 뒤부터 '폴린'이라는 아이 얘기를 자꾸 해. 우리는 폴린이 누군지 모르니까 걱정되고."

내 말에 누나는 대꾸하지 않았다. 대신 남은 와인을 한입에 털어 넣고 다시 한 잔을 채웠다. 나는 어쩔 줄 몰랐다. 분위기를 풀려면 어떻게 해야 하지? 폴린 이야기를 꺼낸 게 지독히도 후회됐다. 하지만 누나가 이런 반응을 보일 줄 누가 생각이나 했겠어? 나는 숨을 크게 내쉬며 말했다.

"부모님은 이사 온 뒤로 동생한테 상상의 친구가 생겼다고 생각하셔."

"부모님 말씀이 맞겠지."

누나는 이렇게 말하고는 밀폐용기, 플라스틱 컵 등 물건을 챙기고 갖다 버릴 쓰레기봉투를 묶었다. 내가 의도치 않게 소풍을 단축시킨 거다. 누나는 나를 집까지 데려다주는 차 안에서 한마디도 하지 않았다. 대신 카 오디오에 유에스비를 꽂고 음악을 틀었다(다프트 펑크를 아주 크게). 내가 무슨 질문이라도 할까 봐 미리 막으려는 듯이 말이다. 다프트 펑크의 〈겟 럭키〉. 누나의 작전은 성공했다. 우리는 집 앞에 도착해서 어색하게 인사를 나누고 헤어졌다. 입에서 씁쓸한 맛이 났다.

나는 내 방 창문에서 어두워진 바깥을 바라본다. 이곳의 밤은 평범하지 않다. 하늘은 파랗게 변하는데, 낭떠러지처럼 깊고 짙은 파랑이다. 노란 달은 허공을 응시하는 미치광이의 눈을 닮았다. 그 주변에는 별들이 360도로 펼쳐져 있다.

짧아도 너무 짧았던 소풍이 끝나고 집에 돌아왔을 때 새엄마는 부엌에서 노트북으로 일을 하고 있었다. 아빠는 거실에서 인부들과 뭔가 상의 중이었다. 내게 관심을 보이는 사람은 아무도 없었다.

나는 우울해질 대로 우울해져 내 방이 있는 2층으로 올라왔다. 스스로 죄가 있다고 말하고 벌을 받는 사람처럼 방에 틀어박혀 있기로 했다. 그런데 방으로 오다가 잔이 자기 방에서 인형을 끼고 앉아 있는 모습을 봤다. 나는 걸음을 멈추고 잔을 물끄러미 바라봤다. 잔을 감싸는 햇빛이 금발을 붉게 물들였고, 공중에 떠다니는 먼지도 솜사탕에서 떨어져 나온 것 같은 분홍색이었다. 잔은 혼자서 병원 놀이를 하고 있었다. 워낙 좋아하는 놀이라 자주 했지만 오늘은 누군가에게 작은 소리로 말을 걸고 있었다. 웃는 걸 보니 재미있는 모양이었다. 나는 놀라서 문가에 서 있기만 했다. 잔이 "이제 네 차례야"라고 말했다.

나는 얼어붙었다. 가슴이 돌처럼 굳어 버린 느낌이었다. 나는 까치발을 하고서는 조심스럽게 잔에게 다가갔다. 잔은 놀이판에서 조금 떨어져 앉아 있었다. 그런데 그때 '환자'의 코가 빨갛게 빛났다.

'지지직' 소리도 들렸다.

반짝이는 빨간 코와 '지지직' 소리. 마치 '누군가'가 종이로 만든 환자의 감각기관을 잘못 건드린 것 같았다.

잔은 깔깔대고 웃기 시작했다. 투명하고 짧은 웃음.

"너 진짜 못해."

잔이 핀셋을 집었다. 어디서? 바닥에서? 잘 보이지 않았다. 나는 마비된 상태였다. 한 발짝도 더 앞으로 나가지 못했다. 햇빛은 점점 더 노랗게 변했고, 솜사탕 먼지는 점점 더 많아졌다. 침을 삼키려 했지만 할 수가 없었다. 슈가파우더가 목구멍에 꽉 막힌 느낌이었다.

"이제 내 차례야. 이번에 내가 이길 거야. 너 진짜 못하니까."

잔은 놀이판으로 다가앉으며 말했다. 그리고 활짝 웃으며 전문가의 솜씨로 수술을 시작했다. 수술은 성공적이었다. 불도 번쩍이지 않았고 '지지직' 소리도 나지 않았다. 나는 토할 것 같았다.

내가 알기론 상상의 친구들은 전기를 켤 줄 모르는데!

2017년 7월 23일 일요일

밤 11시 17분
칠흑같은 밤

간밤에 한숨도 못 잤다. 눈을 감으면 빨간 코가 나타났다.

나는 늘 병원 놀이를 싫어했다. 수술도 잘 못했고 건강염려증도 있다.

무슨 일이 벌어지고 있다.

무슨 일이 벌어졌다. 이 집에서. 그게 뭔지 설명할 수는 없다. 나는 영매도 아니고 초자연적인 현상을 믿어 본 적도 없다. 하지만 확실하다. 이 집에서, 혹은 이 집 주변에서 뭔가 심각한 일이 벌어졌다. 나는 인터넷으로 간단한 검색을 해 봤다. '소나무집', '폴린', '카브리에르(가장 가까운 마을)'. 그럴싸한 건 아무것도 못 찾았다. 작은 사건·사고나 산불 정도가 다였다. 내가 입력한 검색어로는 유효한 결과가 나오지 않았다. 비극적인 사건은 물론 있었다. 그런 사건은 어디서나 벌어지니까. 하지만 내가 이곳에 온 뒤로 느끼는 걸 설명할 정도로 강력하고 특이한 비극은 없었다. 잔의 이상한 행동을 설명할 만한 사건도 없었다. 잔이 이상하게 행동하는 건 '나도 오빠랑 똑같이 느껴'라고 말하는 잔 나름의 방식이라고 확신한다.

과거와 현재, 그리고 미래가 이 집으로 모인다. 이 집은 그 자체로 모순덩어리다. 촌스러운 거실, 초현대적인 안방, 다락방 창고, 미국식 지하실······.

나는 신을 믿지 않고 유령도 믿지 않는다. 하지만 우리가 사는 세계와 평행선상에 또 다른 세계가 존재한다는 아이디어는 좋아한다. 내 엄마가 다른 누군가의 엄마인 세계. 엄마가 죽지 않았고 아주 행복하게 살고 있는 세계. 엄마가 유명한 배우, 성공한 변호사, 부동산업자, 의사, 교사인 세계.

안 될 거 없잖아.

나는 릴리 누나의 반응에 대해서도 계속 생각했다. 내가 폴린에 대해 물었을 때 돌변하던 누나의 표정이 자꾸 떠올랐다. 이렇게 망상증 환자가 되어 가는 건가. 무엇을 봐도 다 신호인 것 같다. 보이지 않는 연결고리나 메시지처럼 느껴진다. 그래서 보들레르의 시 「교감」을 다시 읽어 봤다. 작년에 학교에서 『악의 꽃』이라는 시집을 공부했는데 그중 꽤 인상 깊었던 시다.

자연은 살아 있는 기둥들이

알 수 없는 말을 쏟아 내곤 하는 신전이다.
인간은 상징의 숲을 통해 그곳에 들어가고
상징의 숲은 친밀한 눈으로 인간을 지켜본다.

　상징의 숲이라……. 그게 바로 내가 갖는 느낌이다. 나의 가장 친한 친구의 이름은 폴이다. 내가 이곳에서 처음 만난 여자 이름은 릴리다. 엄마 이름은 멜린다. 모두 줄여서 리나라고 불렀다.
　폴-릴리-리나-폴린.
　말도 안 되는 소리라고, 이건 그저 우연의 일치라고 말할 수도 있겠지. 아마 나는 아무 의미가 없는 곳에서 의미를 찾고 싶은 건지도.

　오후가 시작될 무렵, 나는 뒷마당을 직접 치우기로 했다. 인부들 때문에 집 안으로 다니는 건 불가능했다. 게다가 오늘은 그리 덥지 않았다(27도면 우스운 정도지). 아빠는 미래의 동료들과 술 한 잔 걸치러 님에 간다고 했다. 나도 아빠를 따라가 도시 구경을 하고 싶었지만 새엄마가 급하게 보낼 기사를 써야 한다며 잔을 좀 돌봐 달라고 애원했다. 결국 시간 보낼 일을 찾아야 했다. 스케이트보드(지금은 자전거) 덕분에 내 장딴지는 레슬링 선수처럼 튼튼하다. 반면에 팔은 훨씬 힘이 약하다. 높이 자란 잡초들을 베어 내는 것도 팔 근육에 나쁘지 않을 것 같았다―이런 생각을 하게 된 건 우체국 누나와는 '전혀' 아무런 상관이 없다는 걸 밝혀 둔다. 오늘 아침 아빠는 뒷마당에 텐트를 치고 바닥에 담요를 깔고 그 위에 아가 인형, 포니 인형, 물병, 간식을 올려놓았다. 그리고 나서 내게 진지하게(엄숙하게까지는 아니고) 풀 깎는 기계인 예초기 작동법을 설명했다.

점심을 먹고 오만 가지 주의사항을 준 뒤 아빠는 님으로 출발했고, 새엄마는 방에 틀어박혀 일을 시작했다. 잔은 예초기와 멀리 떨어진 텐트에 앉아 태블릿을 들고서 놀고 있었다(자유! 해방!). 나는 드디어 그 위험천만한 기계를 손에 들었다. 다루기가 쉽진 않았지만 효과는 만점이었다. 잡초가 우거진 밀림을 천국 같은 마당으로 탈바꿈시키는 일은 왠지 마음을 즐겁게 했다. 여기에 뭘 심을 수 있을까 궁리도 했다. 토마토, 딸기, 감자……? 도시 남자였던 내가 눈 깜짝할 사이에 농부로 변신했다. 가장 놀란 건 나 자신이었다. 행복하고 뿌듯했다. 하지만 햇빛이 쨍쨍 내리비치는 마당에서 한 시간 반 동안 잡초를 베다 보니 완전히 녹초가 되었다. 그늘진 텐트로 잔을 보러 갔더니 잔은 인형을 품에 안고 잠들어 있었다. 나는 태블릿을 끄고 콜라를 마시러 집으로 들어갔다. 거실에서 인부 세 명이 일하고 있었다. 공사는 꽤 많이 진행되었다. 아저씨들은 주중에 매일 일했고 주말에도 일했다. 오늘은 벽을 제거하고 여닫을 통창을 설치하기 위해 금속 레일을 까는 중이었다.

"마실 것 좀 드릴까요? 커피나 음료수요."

인부들은 동시에 뒤로 돌아 고맙다는 표정으로 나를 바라보았다.

"맥주는 없니?"

가장 젊은 인부가 조심스럽게 물었다. 헝가리 억양이 강한 키 큰 아저씨였다. 머리끝부터 발끝까지 흰 먼지를 뒤집어쓰고 있었다.

나는 엄지를 치켜들었다.

"아마 있을 거예요. 금방 올게요."

나는 냉장고를 열어 콜라 한 병과 하이네켄 맥주 세 병을 집어 들었다. 반바지 뒷주머니에 병따개를 넣고 양손에 병을 두 개씩 쥐고 아저씨들에게 갔다.

그런 다음에 마당으로 나와 잔이 잘 있는지 다시 보러 갔다. 그런데 잔이 텐트에 없었다. 사라졌다. 지금 생각하면 그렇게까지 놀랄 일은 아니었는데. 그땐 어찌나 놀랐던지, 잔의 이름을 외치며 사방으로 뛰어다녔다.

잔은 멀지 않은 곳에 앉아 있었다. 맨바닥에 엉덩이를 깔고 태평하게 말이다. 문이 활짝 열린 지하실 가까이였다. 방금 깎아 놓은 잡초들 사이에서 지하실 문은 입을 쩍 벌리고 있었다. 잔을 찾아서 얼마나 안심이 됐던지 다리에 힘이 빠져 잔 옆에 털썩 주저앉았다.

"안녕, 아가야. 여기서 뭐 해?"

지난번에 지하실에서 나오면서 문을 닫고 빗장을 신경 써서 잘 당겨 뒀었는데. 그건 100퍼센트 확실하다. 지하실이 너무 무서웠기 때문에 잊을 수가 없다. 그런데 잔이 어떻게 혼자서 문을 열었지? 엄청 무거운데. 나도 문을 들어 올리는 데 애를 먹었으니 말이다. 침이 마르고 가슴이 쿵쾅거렸다. 나는 겨우 새어 나오는 목소리로 물었다.

"잔, 저 문 누가 열었어? 누가 있었어?"

잔은 아무 대답 없이 고개를 들어 나를 쳐다봤다. 잔의 아름답고 투명한 터키색 눈이 지중해처럼 빛났다. 잔은 아주 차분한 상태로, 어쩌면 너무 심하게 차분한 상태로 아가 인형을 안고 있었다. 잔은 인형을 더 꽉 껴안았고…… 이내 '아가'의 배가 찢어져 두 동강이 났다. 그야말로 처참했다. 배가 갈린 인형 속에서 흰 솜이 팝콘처럼 부풀며 터져 나왔다.

"미치겠네……."

나도 모르게 중얼거렸다. 그만큼 이상한 상황이었다.

"괜찮아. 아가한테 수술이 필요했어."

허둥대는 내게 잔은 묘한 웃음을 지으며 침착하게 말했다. 나는 진정하려 애썼지만 그럴 수 없었다. 다 죽어 가는 알코올 중독 환자처럼 손이 벌벌 떨렸다.

"그래? 아가가 아프대?"

잔은 고개를 저었다.

"물에 빠졌어. 그래서 폐를 열어야 했어. 물이 나왔으니까 이제 살았어. 보이지?"

무슨 말인지 알 수 없었지만 나는 고개를 끄덕였다. 그때 잔이 오른손에 뭔가를 꽉 쥐고 있다는 걸 눈치챘다.

"그건 뭐야?"

잔은 아무 말도 하지 않았다. 나는 잔 쪽으로 몸을 숙였다.

"잔, 이거 뭐냐니까?"

그러자 잔이 주먹을 열었다.

그것은 작은 크리스털 조각이었다. 마야 신전에 버려진 샹들리에 장식과 같은 것이었다. 여섯 살 아이의 손 위에서 날카로운 크리스털 조각이 반짝이고 있었다. 숨이 막혔다.

"메스야. 아가를 살려 준 수술칼. 이게 없었으면 아가는 죽었어."

잔은 여전히 침착하게 말했다. 사람이 창피하거나 신이 나면 얼굴이 빨개지는 걸 느끼듯 나는 얼굴에서 핏기가 가시는 걸 느꼈다. 잔의 입에서 '메스'라는 말이 나오는 것 자체가 불편했다. 잔은 또래에 비해 아는 단어가 많았지만 이건 좀⋯⋯.

"그거 어디서 났어?"

잔은 대답하지 않았다. 나는 잔의 팔을 움켜쥐었다. 지나치게 세게.

"잔, 오빠 농담하는 거 아니야. 이거 어디서 났어? 누가 줬어?"

나는 잔의 팔을 더 세게 눌러서 크리스털 장식을 빼앗았다. 지금은 그때 내 행동을 후회한다. 하지만 나는 제정신이 아니었다. 무섭기도 했다. 무슨 일이 벌어지고 있는 건지 도무지 알 수 없었기 때문이다. 내가 크리스털 장식을 빼앗자 잔은 비명을 지르기 시작했다. 날카롭고 히스테릭한 비명이었다. 악몽을 꾸던 밤에 지르던 비명과 똑같았다. 비명에 놀란 나는 빼앗았던 걸 곧바로 돌려주었다. 잔은 장식을 움켜쥐더니 금세 조용해졌다. 그때 새엄마가 허둥지둥 달려 나왔다. 나는 잔이 주머니 속에 크리스털 조각을 숨기는 것을 보았다.

"무슨 일이야?"

새엄마가 다가와 우리를 차례로 바라봤다. 눈이 빨개진 잔은 입술을 벌벌 떨고 있었다.

"말로, 너 잔한테 무슨 짓 한 거야?"

나는 내가 잔에게 나쁜 짓을 했다고 생각하는 새엄마를 참을 수 없었다. 내가 잔을 얼마나 사랑하는데! 잔을 위해서라면 살인도 불사하고 목숨도 내놓을 수 있는데!

하지만 눈앞의 증거는 어쩔 수 없었다. 잔의 팔에 내 손자국이 선명했다. 있어서는 안 되는 끔찍한 자국이었다. 나는 눈물이 터질 것 같았지만 꾹 참고 둘러댔다.

"잔이 없어져서 겁이 났어요. 지하실은 열려 있고, 그래서 잔이 떨어졌을까 봐 무서웠어요. 죄송해요……."

그러고는 자리를 떴다. 겁쟁이처럼.

2017년 7월 23일 일요일

새벽 1시 22분
칠흑같은 밤 (이어서)

나는 도주하는 범죄자처럼 달리고 또 달렸다.

마당을 가로지르고 몬스터플랜트와 가느다란 소나무들, 그리고 과일나무 사이를 지그재그로 달렸다. 정문까지 달려 문을 밀었다. 진흙에 발이 미끄러져 넘어졌다가 다시 일어났다. 아스팔트 도로를 숨을 못 쉴 정도가 될 때까지 달렸다.

어딘지 모를 곳에서 멈춰 서서 허벅지에 손을 짚고 등을 구부렸다. 그제야 겨우 숨을 돌릴 수 있었다. 나는 도로 가장자리에 털썩 주저앉아 울음을 터뜨렸다.

내가 동생한테 그런 짓을 하다니. 여태껏 누구에게 상처를 준 적도, 누구를 때려 본 적도 없는 내가. 얼마 전엔 크게 한 방 맞아야 정신을 차릴 놈들이 몇 명 있었어도 참았는데. 그런 내가 몸집도 작은 아이에게, 인형처럼 귀여운 아이에게 소리를 질렀다. 내 열여섯 살 생일 때 그림을 그려 주고(스케이트보드를 탄 내 주변으로 수많은 하트와 별이 반짝이는 그림) 분홍색 사인펜으로 "새일 추카해 오빠 사랑애"라고 써 준 아이에게.

속이 울렁거렸다. 결국 토했다.

달리기. 태양.

두려움. 부끄러움.

물론 내게는 정상참작의 이유가 있었다. 잔은 정상적인 상태가 아니라는 게 확실했다. 지금까지는 내가 뭘 잘못 본 거라고 애써 생각했다. 내가 잘못 보고, 잘못 듣고, 잘못 이해한 거라고. 동생과 내가 새로운 생활에 불안을 느껴 옳지 않은 방식으로 반응한 거라고. 나는 망상증으로, 잔은 이상한 행동으로. 하지만 지하실 문은 저절로 열린 게 아니다. 게다가 다른 누군가가 잔에게 샹들리에 장식을 준 거라면? 악마의 간계가 아니라면 어떻게 그토록 사랑스럽던 아이가 자기가 가장 아끼는 인형의 배를 가를 수 있지? 시간이 갈수록 영화 〈엑소시스트〉가 떠올랐다. 솔직히 잔을 보면 무섭다. 그래도 그걸로 내 행동을 정당화할 수는 없다. 나는 열여섯 살이고 잔은 겨우 여섯 살이다. 잔에게 윽박지르는 대신 나쁜 놈을 찾았어야 했다. 이런 일을 벌일 가장 그럴듯한 사람을!

난 아빠를 닮았다고 생각했는데 어쩌면 엄마를 닮은 건지도 모르겠다. 나쁜 건 유전될까? 나쁜 건 Y염색체가 아니라 X염색체에 담긴 걸까?

오래전 기억 속에서, 나를 본 사람들은 아빠에게 이렇게 말했다. "이놈 좀 봐. 아빠를 쏙 빼닮았네!" 이 말도 어느 정도 사실이다. 아빠와 나는 둘 다 키가 크고 말랐다. 머리는 갈색이고 피부가 하얗고 눈동자는 검고 눈은 길고 가늘다. 턱은 작지만 이마가 발달했다. 점도 똑같이 오른쪽 눈 밑에 있다. 폴은 그 점을 보고 '파리'라고 놀리고는 했다.

엄마는 금발에 피부가 항상 그을려 있었다. 미국 영화배우 제인 맨스필드처럼 건강미가 넘쳤다. 지금에야 엄마에 대해 이렇게 말할 수 있다. 벌써 10년이 지나서 나는 이제 열여섯이고, 사진 앨범 세 권이 남아 있으니 말이다. 하지만 내가 어렸을 때 느낀 엄마는 그저 사랑둥이 그 자체였다. 그때 엄마는 달콤하고 부드럽고 아몬드 향이 나는 사람이었다. 왕 케이크 향이 나는 여왕이었다. 그리고 그 왕은 바로 나였다.

나는 길가에 앉아 엉엉 울며 생각했다. 결국 나는 엄마를 닮은 걸까? 애초에 거짓말쟁이, 배신자가 되도록 만들어진 걸까?

무너진 왕국의 형편없는 왕이 되도록…….

엄마는 교통사고로 즉사했다—사람들이 그렇게 말했고 나도 그랬기를 바란다—그때 엄마는 애인이 모는 흰색 BMW를 타고 생트로페 근교 어딘가를 달리는 중이었다.

엄마는 배우였다. 많이 유명하지는 않았지만 그래도 배우였다.

'무대 위에서 죽기.'

엄마의 애인은 엄마가 찍은 마지막 영화의 프로듀서였다. 핸들을 잡았던 그는 죽지 않았다. 몇 군데 긁히고 빗장뼈가 부러졌으며 한쪽 눈에 시커먼 멍이 들었을 뿐이다. 엄마는 죽음의 자리라고 하는 조수석에 앉아 있었다. 웃긴 건, 엄마의 마지막 영화가 정확히 1년 뒤 개봉했다는 사실이다. 코미디 영화였고 관객이 100만 명이나 들면서 크게 성공했다. 하지만 조연을 맡았던 엄마가 나온 장면은 모두 편집되었다.

무대 위에서 죽기? 웃기시네.

엄마는 헛되이 죽었다.

리나 모네스티에라고 알아요?

당연히 모른다.

아무도 모른다.

나는 그 영화를 보지 않았다. 앞으로도 보지 않을 생각이다. 봐서 뭐 하겠어. 끔찍하기만 하지. 그나마 위로가 되는 건 그 영화가 비평가들에게도 엄청 까였다는 거다.

어느 날 아빠가 내게 말했다.

"엄마 이름이 엔딩 크레딧에 나와. 감사하다고. 제작진이 엄마에게 헌정했어."

뭐가 감사한데?

뭘 헌정한다는 거야?

엄마는 그 남자를 사랑했을지도 모른다. 정확히는 모르겠고 어찌 됐든 상관없다. 아무튼 아빠는 아내의 죽음과 불륜을 동시에 알게 되었다. 한 남자에게 두 사건은 감당하기 힘든 일이었다. 나는 일곱 살이었으니 지금의 잔보다 약간 더 컸을 뿐이다. 일곱 살이면 아직 인간이라고 할 수 없다. 인간의 프로토타입, 스케치 정도 될까. 이제 겨우 단어를 해독하기 시작할 수준이다. 하지만 어른들은……

장례식에 대한 기억은 희미하다. 마치 내 영혼이 당시 느꼈던—느꼈다고 믿었던—고통과 몰이해, 분노를 다 지워 버린 듯하다. 그 감정들은 가끔 맹렬하게 다시 나를 찾아오고는 한다. 그날은 날이 아주 화창했다. 7월 한여름. 사람이 죽을 계절이 아니었다. 묘지에서는 상쾌한 풀 냄새와 장미 향이 났다. 아가트 이모는 얇은 망사가 있는 검은 원피스를 입고 있었다. 그래서인지 마돈나 (엄마는 마돈나를 많이 좋아했다)를 닮았다고 생각했다. 그 정도가 기억의 전부다. 뜨거운 태양과 이모의 그을린 다리 사이로 연기처럼 휘날리는 망사. 사람들이 눈물을 흘렸겠지만 그 역시도 기억나지 않는다. 아빠의 손을 잡았던 것만 생각난다. 영화의 한 장면처럼. 아름답게 꾸미고 누락하고 거짓으로 채운 영화. 해도 너무한다.

그리고 삶은 마치 아무 일도 없었던 듯 믿을 수 없을 만큼 빠르게 제자리를 찾았다. 나는 몇 주 뒤에 초등학교에 입학했다. 다행히 폴이 있었다. 폴은 교문 앞에서 나를 기다려 주었다. 아빠가 자기네 음악학교에 가면서 차로 나를 데려다주면, 폴의 엄마가 이탈리아 배우처럼 초록색 물방울무늬 원피스를 입고 멀리서 우리를 지켜보았다. 폴의 엄마는 우리 엄마의 지중해 버전이라고나 할까. 지금도 그렇다. 갈색 머리에 똑같이 건강미 넘친다. 마르세유 억양만 다르다.

폴은 그해 여름 내게 무슨 일이 일어났는지 알고 있었던 것 같다. 하지만 아무 말도 하지 않았다. 대신 내게 자기 책가방을 보여주었다. 갈색 가죽으로 테두리를 두른 남색 천 가방이었다.

"너 이거 보면 질투 날걸, 말로. 이 가방은 마법의 가방이야. 더는 말 못 하지만 곧 알게 될 거야."

폴은 이상하게 수상쩍은 목소리로 속삭였다. 물론 폴의 가방은 마법의 가방이 아니었다.

마법은 바로 폴이었다.

2017년 7월 24일 월요일

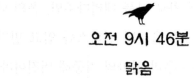

오전 9시 46분
맑음

내 방과 잔의 방은 벽 하나를 두고 갈라져 있다.

나의 하얗게 칠한 벽, 잔의 분홍 나비가 그려진 벽.

나는 열여섯 살, 잔은 여섯 살.

내 엄마는 죽었고, 잔의 엄마는 살아 있다.

그리고 나와 잔 사이 어딘가에 폴린이 있다. 살았는지 죽었는지 모를 상태로.

간밤에 진동이 느껴졌다. 나는 잠들지 못하고 몇 시간째 침대에서 뒤척이고 있었다. 그때 희미하긴 하지만 분명히 어떤 박동이 느껴졌다. 처음에는 비가 퍼부어서 지붕이 삐걱거리고 바깥에 있는 나무가 흔들리는 거라고 생각했다. 그런데 또다시 진동이 느껴졌다. 가슴이 쿵쾅거렸다. 나는 침대맡에 있는 전등을 켰다. 불을 켜고 보니, 침대 뒤에 있는 벽이 찌그러져 있었다! 나는 벌떡 몸을 일으켜 침대에서 뛰어내린 뒤 반대편 구석으로 뒷걸음질을 쳤다.

내 방과 잔의 방을 가르는 중간벽의 모양이 달라진 거다. 내가 서 있던 곳에서는 거의 보이지 않았지만 분명 차이가 있었다. 침대 위쪽 벽이 약간 튀어나왔다. 크기는 멜론이나 사람 머리만 했다. 나는 숨이 막혔다. 어떻게 숨을 쉬었는지도 모르겠다. 벽에 난 혹은 점점 더 부풀어 올라서 벽 전체 모양이 계속해서 변했다. 마치 무언가(또는 누군가?)가 벽에서 튀어나오려는 것 같았다. 진동은 더 커졌고 이제는 소리도 분명히 들렸다. 쉭쉭 바람 빠지는 소리 같기도 하고 벌이 아주 크게 윙윙대는 소리 같기도 했다. 그런데 갑자기 혹이 줄어들더니 소리도 순식간에 멈췄다.

'내가 꿈을 꾼 건가? 그런가 봐. 내가 미쳐 가는 건가? 그런가 봐.'

나는 너무 무서워서 방에서 뛰쳐나가 잔을 보러 갔다. 예상대로 잔도 자지 않고 침대에 앉아 벽을, 우리의 벽을 바라보고 있었다. 하지만 오늘은 울고 있지 않았다. 무서워하는 것처럼 보이지도 않았다. 내가 작은 소리로 이름을 부르자 잔은 내게로 고개를 돌렸다. 잔의 눈빛은 밝았고 표정도 편안했다. 내가 지금까지 알던 잔이었다. 잔은 검지를 입술에 갖다 대며 가까이 오라는 신호를 보냈다.

"쉿!"

잔은 아가 인형을 안고 있었다. 내가 집을 뛰쳐나갔을 때 새엄마가 인형 배를 꿰맨 것 같다. 다시 떠올리기도 싫은 우울한 저녁 식사 시간에 본 바에 의하면 그렇다. (식탁에서도 나는 잔의 이상한 행동에 대해 부모님에게 알리려 했지만 소용없었다. 아빠는 새 직장 때문에 필요 이상으로 스트레스를 받은 것 같았다. 미래의 동료들과 가진 술자리가 생각만큼 잘 흘러간 것 같지 않다.) 잔의 이상한 말대로라면 아가 인형은 '배를 열고 폐 수술'을 받았는데, 그걸 숨기려고 위아래가 붙은 옷을 입고 있었다. 딱정벌레들이 그려진 그 옷을 나는 잘 기억하고 있다. 잔이 태어나고 나서 몇 주 동안 입었던 옷이기 때문이다. 그 옷을 입고 나와 함께 찍은 사진도 있다. 딱정벌레 옷을 입은 아주 작은 아기가 열한 살인 내 품에 안겨 있는 사진.

나는 잔 옆에 앉아 아무 말도 하지 않았다. 무슨 말을 해야 할지 몰랐다. 잔은 내 옆에 꼭 붙어 앉아 나를 보호해 주듯 쓰다듬었다. 잔의 팔에 난 보라색 멍을 보자 죄책감에 마음이 찢어지는 것 같았다.

"아까 미안했어. 아프게 하려고 그런 거 아니야. 무서워서 그랬어. 정말 미안해."

내가 작은 소리로 말했다.

"알아. 나도 미안해. 아깐 나도 너무 무서웠어."

"지금은 아니고?"

"이제는 그 애를 알아. 내 친구가 됐어. 재미있는 친구."

나는 깜짝 놀라 잔을 바라봤다. 잔은 가볍게 웃고 있었다.

"나쁜 애 아니야. 그냥 우리가 좀 도와줬으면 하는 거야."

"무슨 도움이 필요하다는데?"

잔의 말을 도통 알아들을 수 없었다. 잔은 침대 머리맡으로 몸을 뉘어 베개 밑에서 크리스털 장식을 꺼내 내게 내밀었다. 나는 아까 오후에 잔이 보인 반응에 겁이 나서 약간 망설였다. 그런데 잔이 속삭였다.

"걔도 좋다고 했어."

"뭘?"

나는 점점 더 무슨 소린지 알아들을 수가 없었다. 그때 잔이 장식을 내 손바닥 위에 놓았다.

"오빠가 이걸 봐도 좋대. 이걸로 뭘 해야 할지 오빠가 알 거래."

나는 손에 든 물건을 바라보고 다시 잔을 바라봤다. 잔의 눈이 애원하듯 반짝였다. 피곤해 보이기도 했다.

"걔한테 약속했어. 오빠도 약속해 줄래?"

잔은 피곤한 것치고 자기가 무슨 말을 하는지 잘 아는 것 같았고, 정말 진심인 것 같았다. 그래서 나는 약속하기로 했다. 그런데 뭘? 좋은 질문이로군. 하지만 나는 질문 대신 잔을 꼭 끌어안았다. 그리고 약속했다. 지금 뭘 더 알아낼 수 있을 것 같진 않았다. 잔은 안심이 됐는지 하품을 하더니 그대로 앉아서 잠들었다. 나는 잔을 누이고 이불을 잘 덮어 주었다. 그리고 크리스털 장식을 챙겨 방으로 돌아왔다.

물론 이 이야기를 부모님에게 다 말하고 싶었지만 그래 봤자 소용없을 게 뻔했다. 적어도 지금은. 내가 잔의 '작은 문제들'에 대해 말할 때마다 아빠가 어떤 태도를 보이는지만 봐도 알 수 있다. 새엄마는 나를 무책임한 고문관처럼 여긴다. 그래, 거기서 나 말고 누가 지하실 문을 열었겠어? 누가 아가 인형의 내장을 끄집어냈겠어? 변명할 힘도 없었다. 변명해 봤자 무슨 소용이 있을까. 무슨 일이 있었는지 설명하기에 잔은 너무 어리다. 아빠와 새엄마는 내가 화가 나 있고 파리 생활을 그리워하며 원래 자유분방한 애라는 걸 알고 있다. 그러니 내 말은 믿지 않을 것이다. 나뿐만 아니라 잔이 하는 말도. 믿기 어려운 일이 벌어진 건 맞으니까.

방에 돌아와 잔이 그랬던 것처럼 샹들리에 장식을 베개 밑에 두었다. 이걸 가지고 뭘 해야 할지, 무슨 생각을 해야 할지 모르겠다. 이 물건이 어디에서 온 건지는 알고 있지만. 하지만 잔이 마야신전에 갔을 리는 없다. 그건 불가능한 일이다. 이 일을 설명할 방법은 많지 않다. 그 장식은 잔이 집에서 주웠거나 누가 잔에게 준 것이다.

하고 싶은 질문이 너무 많지만 잔은 대답할 마음이 없을 것 같다. 아니, 대답을 할 수도 없을 것 같다. 잔에게 시간을 줘야지. 잔은 내게도 말하지 않는 비밀을 갖고 있다. 나뿐만 아니라 모두에게. 그러고 보니 아빠와 함께 잔을 데리러 어린이집에 갔던 날, 선생님 한 분이 "잔은 조금 예민한 편이에요"라고 말한 적이 있다.

아직 말도 잘 못 하는 아이에게 예민하다니? 그때는 그 말에 화가 났다. 집에 돌아오면서 아빠는 예민하다는 말은 그 말을 하는 사람이 좋은 의도로 했을 때는 욕이 아니라고 했다. 어린이집 선생님도 마찬가지였다는 거다.

"다른 애들보다 더 섬세하다는 뜻일 뿐이야. 좋은 얘기 아니니? 우리 집에 성격이 다른 애가 있다는 게? 솔직히 난 그런 말을 들어서 기분이 좋은걸."

아빠의 말에 나는 웃음이 났다. 마음속으로는 나도 아빠와 같은 생각이었다. 극적인 상황에서 세상을 떠난 이류 배우인 엄마, 가족을 먹여 살리려고 교수 행세를 하는 음악가 아빠, 빈티지 인테리어에 목숨 건 기자 새엄마……. 또 나는 어떻고! 영화와 스케이트보드를 좋아하는 나는 부르주아보다 보헤미안에 가깝다. 우리 가족은 풍족하게 살아 본 적이 없다. 잔은 늘 느낄 수 없는 것을 느끼는 능력을 가지고 있다. 자신만의 세계에서 자랐고 말로 이야기하는 것보다 직접 보여 주는 걸 좋아한다. 또 아주 어렸을 때부터 누군가를 만나면 본능적으로 그 사람이 어떤 사람인지를 알았다.

잔이 네 살 때 병원에 간 적이 있는데 의사 선생님을 무척 싫어했다. 눈이 크고 백발인 선생님은 우리가 보기에는 친절하고 상냥

했다. 그런데 잔은 그 병원에 다시는 안 가겠다고 고집을 부렸다. 왜 그런지 설명하기에 잔은 너무 어렸다. 잔이 하도 고집이 세서 새엄마는 결국 다른 의사 선생님을 찾아갔다. 그리고 1년 뒤, 우리는 바로 그 의사가 부인을 살해했다는 뉴스를 들었다. 몇 년 동안 아내에게 독을 먹였다는 것이다.

역시, 아니 땐 굴뚝에 연기 안 나는구나.

2017년 7월 25일 화요일

밤 10시 45분
별이 빛나는 밤

폴린.

이제 이 이름이 머릿속에서 떠나지 않는다.

나도 상상의 친구를 갖게 되었다.

끝내주는군.

아빠에게는 말하지 않았다. 새엄마에게도. 아무에게도.

무슨 말을 할까? 누구에게?

이러다가 미칠 것 같다.

나와 다르게 잔은 원래의 모습을 되찾은 것 같다. 나는 잔이 방 구석에서 중얼거린다는 것도, 유령과 대화를 나눈다는 것도 안다. 하지만 사람들의 눈을 피하기 위해서일까, 잔은 이제 아무것도 드러내지 않는다. 마치 오빠인 내가 어른들의 눈 역할을 해야 한다는 사명감을 계속 갖고 있는 것처럼. 밤에 비명을 지르는 일도 멈쳤다. 이상한 그림도 더는 그리지 않는다. 식탁에서 폴린 얘기를 꺼내지도 않고 모범적인 딸 역할을 다한다. 트램펄린에서 뛰고, 찰흙을 가지고 놀고, 〈겨울왕국〉도 보고. 마치 계주에서 바통을 넘겨주듯 잔은 나에게 짐을 넘겨주었다.

"오빠, 폴린은 도움이 필요해. 나한테 그렇게 말했고, 내가 도와 주겠다고 약속했어. 이제부터 오빠가 알아서 해."

상상의 친구는 무거운 짐이었다.

이 얘기를, 알지도 못하는 약속을 어떻게 '알아서' 처리해야 할 지 모르겠다. 그래서 그냥 페인트를 칠하기로 했다.

아빠와 새엄마와 함께 온종일 페인트를 칠한다. 나무판자를 하 얗게 칠하고 통창이 있는 '무도회장'을 칠했다. 인부들은 모두 떠 났다. 열심히 일해서 공사를 약속한 날짜에 끝냈고, 그래서 아빠 는 황홀해했다. 멋진 풍경이 보이는 건 사실이다. 하지만 안이 훤 히 들여다보이는 통창 때문에 훨씬 위험해졌다는 생각이 든다.

나는 온종일 롤러를 민다. 어두운 나무가 드러나 보이지 않으려 면 칠하고 또 칠해야 한다.

매일 밤 머릿속에는 샹들리에가 떠오른다. 눈을 감을 때마다 섬 광처럼 떠오른다. 이제 잠을 잘 수 없을 것 같다. 누구나 알다시피 사람이 잠을 못 자면 미친다. 잠을 안 재우는 건 증명된 고문 방법 이기도 하다. 그러다가 결국 잠이 들면 꿈에 춤추는 잔이 나온다.

잔은 왁스를 칠해 매끄러운 거실 나무 바닥에서 춤을 춘다. 금발에 분홍색 옷을 입고 아주 우아하게 춤을 추는 잔 뒤로 암흑과 무서운 숲, 거대한 나무들이 보인다.

나는 잠에서 깬다. 숨을 쉬지 못한다. 보이지 않는 강이 나를 집어삼키는 것 같다.

릴리 누나를 만나 봐야겠다. 이렇게 가다간 정말 안 되겠다. 누나는 뭔가 알고 있는 게 틀림없다. 누나가 입을 다문 이유는 알 수 없지만 분명 뭔가 알고 있다.

내일 당장 만나러 가야겠다. 카브리에르가 뉴욕처럼 먼 것도 아니고. 누나를 찾는 게 그렇게 어렵지는 않을 거다.

2017년 7월 26일 수요일

오후 3시 23분
변덕스러운 하늘

아침에 일어나서 더 더워지기 전에 나는 자전거를 타고 도로를 달렸다. 잠을 제대로 못 잤지만 기운이 펄펄 났다. 이런 기적이 일어난 게 강제 노동 덕에 몸이 튼튼해져서 그런 건지 아니면 누나를 볼 수 있다는 생각에 들떠서 그런 건지 모르겠다. 지난번 헤어졌던 순간을 생각하면 걱정도 되지만.

나는 페달을 밟고 또 밟았다. 그리고 드디어 마을 입구에서 '카브리에르'라고 적힌 표지판을 발견했다. 우체국은 쉽게 찾을 수 있었다. 나는 자전거를 도난 방지 장치도 채우지 않고 그냥 벽에 기대어 놓았다. 대신 겨드랑이 냄새를 체크했다. 새엄마가 준 데오도란트 만세!

자, 하나, 둘, 셋! 용기를 내!

우체국 문을 열고 들어갔을 때는 아무도 없는 줄 알았다. 나는 조금 큰 소리로 헛기침을 했다. 그래도 아무런 반응이 없어서 더 크게 기침을 했다. 그러자 얼마 뒤에 누군가 나타났다. 까다로워 보이는 60대 할머니였다. 뭐라고 말하지 않아도 한눈에 알아볼 수 있었다. 불평불만이 잔뜩 묻어 있는 얼굴에 오렌지색 머리를 한 할머니는 모르는 얼굴을 보고 놀랐는지 나를 바라보더니 이내 퉁명스럽게 말했다.

"5분 뒤에 문 닫아."

나는 손목시계를 봤다. 11시 15분이었다.

"릴리 누나 만나러 왔는데요."

"릴리? 릴리는 도는 중인데."

무슨 말이지? 내가 사는 세계에서 '돈다'는 말은 그 자리에서 빙글빙글 돈다는 뜻인데? 잠시 뒤 나는 뜻을 이해했다. 여기서 '돈다'는 말은 우편 배달 중이라는 뜻이었다.

"그럼 누나가 우체국으로 돌아오나요?"

"5분 뒤에 여기 닫는다니까."

"그럼 오늘 오후에는요?"

"5분 뒤에 닫으면 다시 안 열어."

"혹시 누나가 어디 사는지 아세요? 누나를 꼭 만나야 해서요."

"가르쳐 줄 수 없지. 그런 정보는 기밀이야, 기밀."

그때 한 남자가 소포를 옆에 끼고 들어섰다. 30대로 보이는 남자는 부스스한 밤색 머리에 아디다스 스탠 스미스를 신고 검은색 스트록스 록 티셔츠와 청바지를 입고 있었다. 아주 정상적인 사람으로 보였다. 남자는 내 옆을 지나가면서 "안녕?" 하고 웃으며 인사를 했다. 나도 웃으며 고개를 끄덕였다.

"안녕하세요, 브리지트?"

남자는 불평불만 할머니에게도 즐겁게 인사했다.

"네가 그 망할 놈의 소포를 들고 마지막 순간에 나타나지만 않으면 안녕할 거다. 이리 내."

"근데, 두 분은 얘기 다 끝나셨어요?"

남자가 당혹스러운 얼굴을 하고 내게 물었다. 할머니는 어깨를 으쓱했다.

"끝낼 것도 없어. 릴리를 만나러 왔대."

남자는 내게 윙크를 날렸다.

"30분만 기다려. 저쪽 바에서 만날 수 있을 거야."

"그래요? 어느 바요?"

내가 마치 올해의 가장 웃긴 농담이라도 한 듯 남자가 웃음을 터뜨렸다.

"여기는 바가 하나밖에 없어. 바로 찾을 수 있을 테니 걱정 마."

브리지트 할머니는 핵폭탄 발사 코드를 방금 독재자에게 넘긴 사람처럼 우울한 눈빛으로 나를 바라보았다. 나는 나의 구세주에게 감사 인사를 했다. 그사이 브리지트 할머니는 투덜대며 남자의 소포를 받았다. 나는 예의 바르게 "안녕히 계세요" 하고 인사했지만, 돌아온 건 불평뿐이었다.

우체국을 나서며 웃음을 참기 힘들었다. 릴리 누나와 브리지트 할머니가 함께 일한다니. 생각만 해도 배꼽 잡을 정도로 웃겼다. 나는 시간도 때울 겸 남자가 말한 바를 찾기 위해 마을을 돌아다녀 보기로 했다. 로마 시대의 건축물인 갈루아, 아름다운 성당, 샘, 아이들을 위해 최근에 지은 것 같은 놀이터와 운동장 등이 있는 예쁜 마을이었다. 하지만 놀이터와 운동장은 텅 비어 있었다. 마치 아이들만 풍경에서 지워진 것 같았다. 작은 골목들 가운데에는 자줏빛 등나무가 웅장하게 서 있었다. 골목길 이름도 귀여웠다. 사랑길, 연인길……. 어쩌면 복선일지도? 조금 더 걸어가 보니 요양원이 나왔다. 프라셰 씨가 말년을 보낸다는 곳일까? 시간은 어느새 12시가 다 돼 가서 나는 발을 돌렸다. 조금 걸으니 정말로 금방 바를 찾을 수 있었다. 이름은 '르 모데른'이었는데, 바 이름에다 '현대적'이라는 말을 넣었다는 게 좀 웃겼다. 뜻밖에도 이 마을이 정말 마음에 든다. 정겹고 아늑하다.

나는 바 안으로 들어섰다. 오른쪽에는 테이블 축구대가 놓여 있었고, 왼쪽에는 복권과 담배 판매대가 있었다. 안쪽에는 스테인리스 소재의 바 카운터가 있고 그 맞은편에 노인 세 명이 앉아 있었다. 중앙에는 베이지색 테이블이 몇 개 놓여 있었다. 거기 앉으면 이 바에서 '빙고 라이브'의 720유로를 딴 사람이 나왔고, '유로밀리옹'에서 513유로를 딴 사람이 나왔다는 안내문을 감상할 수 있다. 주인은 의외로 그렇게 나이 든 사람이 아니었다. 우리 아빠 또래거나 약간 더 되어 보였는데, 영화배우 조지 클루니를 닮았고 몸도 좋아 보였다. 이런 한적한 곳에서 바를 운영하는 사람치고는 놀라운 외모였다.

"뭐 줄까?"

"커피요. 아메리카노요."

주인은 고개를 끄떡이고 커피머신을 향해 돌아섰다.

"앉고 싶은 데 앉아. 자리는 많으니까."

나는 입구를 바라보는 테이블에 앉아 커피를 홀짝홀짝 마셨다. 마을 사람들이나 관광객들이 딴 금액 목록을 다 읽은 뒤에는 책을 가져오지 않은 것을 후회했다. 못 만나려나 보다 생각이 들 때쯤, 릴리 누나가 바 안으로 들어왔다. 여전히 남색 티셔츠 위에 우체부 조끼를 걸쳤고, 짙은 청바지에 가죽을 꼬아 만든 샌들을 신고 있었다. 머리는 위로 묶은 말총머리였다. 누나는 나를 보자 놀란 몸짓을 했다.

"너 여기서 뭐 해?"

"누나한테 할 말 있어서."

누나는 카운터에 있는 노인들에게 가벼운 손 인사를 하고선 바 주인에게는 훨씬 더 친숙한 태도로 "먹던 걸로" 하고 주문했다. 그리고 내 앞에 앉았다.

"할 말이 있는 거야, 아니면 날 보고 싶었던 거야?"

나는 머리부터 발가락 끝까지 빨개지는 것 같았다.

"아마 둘 다……."

"난 정직한 거 좋아해."

누나가 장난스레 웃었다.

"잘됐네. 나도 그래."

누나는 내가 얼마나 진심인지 몰랐다. 바 주인이 얼음을 가득 채운 유리잔에 방금 짠 오렌지 주스를 담아 왔다. 누나의 손톱과 잘 어울리는 무지개색 빨대가 꽂혀 있었다. 주인은 누나의 갈색 말총머리 밑으로 드러난 목을 쓰다듬었다. 그 행동이 정말 이상해 보였다. 내가 보기엔 선을 넘는 행동 같았다. 하지만 누나는 아무렇지도 않았다. 움찔하지도 않았으니까. 그게 조지 클루니 흉내를 낸 건지 뭔지는 모르겠지만 이 남자가 누나의 애인일 리 없다. 나이가 두 배는 많아 보이는데! 누나는 너무 크고, 너무 파랗고, 아무튼 다 너무한 그 눈으로 나를 뚫어지게 바라보며 주스 한 잔을 다 들이켰다. 이제 누나를 조금 알 것 같았다. 내가 나서지 않으면 누나는 싫증을 낼 거다. 나는 할리우드 배우를 닮은 주인은 잊으려 애쓰면서 곧바로 요점을 말했다.

"내 여동생 말이야, 그 상상의 친구 있잖아? 그게 점점 더 심해지고 있어. 그리고 나도 미쳐 가고 있는 것 같고."

누나는 완벽히 시옷 모양으로 다듬은 눈썹 한쪽을 치켜올렸다.

"근데?"

"문제는 나도 그 집에서 이상한 걸 느낀다는 거야. 내가 폴린 얘기를 꺼냈을 때 누나 반응을 보고 누나가 뭔가를 알고 있다는 생각이 들었어."

누나는 바 쪽을 잠시 쳐다보더니 내 쪽으로 몸을 숙였다.

"얘기하려면 길어. 그리고 사실 나도 아는 게 별로 없거든. 다른 사람들도 그렇고."

"근데?"

내가 누나 말을 따라 하며 장난을 치자 누나가 긴장을 조금 풀었다. 조지 클루니가 반으로 자른 거대한 샌드위치를 꽃무늬 도자기 접시에 내왔다. 새엄마가 반할 만한 빈티지 접시였다.

"햄 다진 거랑 오이피클 넣은 거야. 같이 먹을래? 사실 배가 아주 고프지 않아서."

나는 고개를 끄덕였다. 누나가 샌드위치 반쪽을 집어 내게 내밀었다. 나는 그걸 받아서 한 입 베어 물고 누나가 마음을 정할 때까지 기다렸다. 초조했지만 누나가 너무 예뻐서 그대로 1000년은 기다릴 수 있을 것 같았다. 누나는 주스를 컵 바닥이 보일 때까지 쪽쪽 빨아서 남김없이 다 마셨다. 그러더니 샌드위치를 집어들며 말했다.

"나가자. 날씨가 너무 좋아. 나가서 먹자."

우리는 샘물 근처에 있는 잔디밭에 앉았다. 릴리 누나도 엄마처럼 물을 좋아하는 것 같았다.

"1987년 여름이었어. 여자아이가 사라졌지. 그 애 이름이 폴린
이야. 폴린 가르디네. 열다섯 살이었어. 며칠 내내 마을 사람 모두
나서서 폴린을 찾았어. 그런데 폴린이 사라지던 날 날씨가 너무
안 좋았어. 폭풍우가 몰아닥치고 땅이 무너지고 도로에는 나무가
쓰러졌지. 그래서 수색이 아주 힘들었어."

"그게 정확히 며칠이었어?"

"8월 26일. 다음 달이면 30년이 되네. 폭풍우가 이틀 동안 몰아
쳤어. 사람들이 대홍수라고 할 정도였지. 물론 그 이듬해에 불어
닥친 폭풍우와는 비교도 안 되지만."

"이듬해?"

"1988년 가을에 님과 그 주변이 완전히 물에 잠겼어. 인터넷에
쳐 보면 영상이 나올 거야. 이 지역에서 발생한 자연재해 중 가장
끔찍한 홍수였어. 죽은 사람들도 있었고. 너도 알겠지만 여기서는
비가 오면 그냥 몇 방울 내리고 그치지 않아."

나는 누나가 해 준 말을 곱씹으며 샌드위치를 무릎 위에 내려놓
았다. 더는 배가 고프지 않았다. 잔이 그린 그림이 떠올랐다. 진흙
이 흘러내리는 모습을 그린 듯한 갈색 그림. 물에 빠져 죽은 인형
이야기는 또 어떻고. 보이지 않는 머리가 변형시킨 벽, 종이로 만
든 환자의 몸에서 번쩍이던 불……. 으, 소름 돋아!

"누나는 그때 태어나지도 않았잖아. 그런데 왜 폴린 얘기에 그

● 111 ●

렇게 불편해했어? 그리고 그게 폴린인 줄 어떻게 알아? 폴린이라는 이름은 흔하잖아."

누나는 샌드위치를 한 입 베어 물고 천천히 씹으면서 말했다. 음식이 반쯤 찬 입으로 진지하게.

"그렇게 많은 질문을 동시에 퍼부으면 대답하기 힘들잖아."

누나의 신경질적인 반응에 나는 그만 웃음을 터뜨렸다.

"알았어. 미안. 누나가 그렇게 브리지트 할머니처럼 불평하면 난 입 다물고 있을래."

누나가 캑캑거리며 웃었다. 음식이 기도로 들어갈 뻔했는지 눈에 눈물까지 맺힌 누나는 얼굴이 빨개질 정도로 한참 기침을 하다가 겨우 진정됐다. 나도 안심했다. 하임리히법은 책으로만 배워서 실전엔 자신 없었으니까.

"브리지트 할머니 만났어? 얼마나 좋으신 분인데!"

누나는 정말 진심인 것 같았다. 나는 아무 대꾸도 하지 않았다. 누나는 파란색 가죽 가방에서 작은 물병을 꺼내서 물을 마셨다. 그리고 기침이 다 가라앉자 말을 이었다.

"네가 말하는 폴린이 그 폴린인 줄 안 건 그 애가 너희 집에 살았었기 때문이야."

내 얼굴에 핏기가 가시는 게 느껴졌다.

"뭐라고? 1970년대 말부터 프라셰 부부가 주인이라고 알고 있었는데?"

"맞아. 폴린은 그 집 가정부의 딸이었어."

이런. 자기들을 영주라고 생각하는 아빠와 새엄마, 거실과 럭셔리한 안방도 모자라 이제는 〈다운튼 애비〉에 사는 것 같다.

"그때 우리 아빠가 경찰이었어."

"지금은 아니야?"

"응. 어느 정도는 폴린 때문이야."

나는 눈썹을 찌푸렸다. 누나가 무슨 말을 하는지 하나도 이해가 되지 않았다.

"그때 아빠는 아주 젊은 경찰이었어. 경찰이 된 지 얼마 안 됐었고 경찰 배지를 무척 자랑스러워했지. 폴린 사건은 아빠가 맡은 첫 사건이었어. 그러니까 제대로 심각한 첫 사건. 아빠는 수사에 완전히 빠졌어. 슬픔에 빠진 폴린의 어머니를 위로하고 밤낮으로 일했지. 아직 경험도 많지 않은 젊은 경찰이 일에 파묻혀 산 거야. 그런데도 폴린의 흔적은 찾지 못했어. 그냥 공기 중으로 사라졌다고나 할까. 그 사건은 아빠를 완전히 망쳐 놨어. 2년 뒤에, 아빠는 모든 걸 포기해 버렸어."

누나는 손을 들어 바를 가리켰다.

"지금은 저기 있어. 저 카운터 뒤에."

그제야 릴리 누나가 이 얘기를 바에서 하기 싫어한 이유가 화창한 날씨 탓만은 아니었다는 걸 깨달았다. 그리고 조지 클루니가 누나의 목을 쓰다듬은 이유도. 나는 바보같이 놀랐지만, 둘이 가족이라는 분명한 증거가 있었다. 바로 눈. 목을 쓰다듬은 건 그저 딸이 사랑스러웠던 아빠의 행동이었을 뿐이었다.

"그러니까 나와 상관있는 일이기도 해. 태어났을 때부터 귀가 따갑도록 들은 얘기니까. 아빠는 나를 지독히 통제했어. 외출도 못 하게 했고. 열여섯, 열일곱 살에는 진짜 도청당하는 줄 알았다니까. 경찰은 그만뒀지만 나를 경찰처럼 감시했어. 지금도 마찬가지고. 나도 이제는 성인이고 힘든 일도 감당할 줄 아는데 말이야. 이렇게 된 게 다 폴린 때문이라고. 물론 그 사건이 아니었으면 아빠가 엄마를 만날 일도 없었겠지만. 어쩌면 아빠가 프랑스 반대편으로 전근 가서 나는 태어나지 않았을지도. 무슨 말인지 알지? 아무튼 난 폴린이라는 이름만 들으면 반사적으로 소름이 돋아. 30년 전 실종된 그 아이가 원망스러워. 나도 알아. 나 진짜 못된 거."

나는 씩 웃으며 말했다.

"아주 악마의 화신이네."

누나도 나를 따라 웃었다. 그리고 이내 다시 표정이 심각해졌다.

"지난번에는 미안해. 무슨 일인가 싶었지?"

나는 '그땐 몰랐지만 지금은 이해해'라는 식으로 어깨를 으쓱했다. 누나는 자리에서 일어났다.

"이제 씻고 낮잠 자러 갈 시간이야. 이 몸은 새벽 5시에 일어나시는 몸이란다."

"세상에……. 우체부가 되려면 엄청난 희생이 필요하네."

"내가 선택한 직업이 아니야. 어쩌다 보니 이렇게 된 거지. 나는 공부를 못했어. 선생님들은 내가 '짜인 틀'에 맞지 않는 애라고 하셨지. 새벽에 일어나야 하는 것만 빼면 이 직업이 좋아. 평생 하겠다는 말은 아니지만 그래도 좋더라고. 그리고 무엇보다 이곳에 사는 게 너무 좋고."

누나는 나를 지긋이 보더니 장난기 어린 말투로 말했다.

"누군가는 여기에 오기 끔찍이 싫었겠지만 나는 여기를 떠날 생각이 전혀 없어."

나는 누나의 손을 잡고 싶었다. 무지개색 매니큐어를 칠한 누나의 예쁜 손을 잡고 누나가 이곳을 왜 그렇게 좋아하는지 이해하기 시작했다고 말하고 싶었다. 이곳의 햇살, 이곳의 냄새, 천문대에 서만큼 무수한 별을 볼 수 있는 이곳의 하늘……. 하지만 나는 이성적인 남자니까 나보다 여섯 살이나 많은 누나와는 전혀 기회가 없다는 것을 잘 알고 있었다. 나도 자리에서 일어나 인사를 했다.

"샌드위치 반쪽 고마웠어. 우울한 얘기도 잘 들었고."

"뭘. 토요일에 또 소풍 갈까?"

"누나가 그때 그 빨간 바지 입고 오면."

누나는 킥킥 웃었다.

"나 그거 세트로 있어. 보면 놀랄걸?"

나는 자전거를 타고 소나무집으로 향했다. 조금 더 많은 것을 알고, 조금 더 행복하고…… 그리고 조금 더 불안한 상태로.

2017년 7월 26일 수요일

밤 10시 33분
깜깜한 밤

폴린 가르디네. 열다섯 살. 1987년 8월 26일.
'가정부'의 딸.
실종 뒤 찾지 못함.

마을에서 돌아오는 동안, 내 머릿속은 이 생각들로 꽉 차 있었
다. 갈 때는 끝날 것 같지 않던 길이 올 때는 아주 짧게 느껴졌다.
날이 무척 더웠는데 더위도 느껴지지 않았다. 머릿속에는 단 한
가지 생각밖에 없었다. 잔을 달래서 비밀을 털어놓게 하는 것.
　집에 들어서니 새엄마가 수영복을 입고 선베드에 누워 있었다.
밀짚모자를 쓰고 책을 읽던 새엄마는 내가 들어오는 소리를 듣고
는 책에서 눈을 들어 나를 쳐다봤다.
　"산책은 어땠어?"
　"좋았어요. 릴리 누나를 만나서 재미있었어요."

"릴리?"

"우체부요."

새엄마가 웃었다.

"친구가 생겨서 다행이야. 그 누나, 혹시 남동생은 없고?"

그 말은 좀 상처였다. 내가 또래 친구를 사귀면 좋을 것 같다는 새엄마의 뜻은 잘 알지만 나쁜 의도가 아니라는 걸 알면서도 화가 났다. 나는 브리지트 할머니처럼 짜증을 내며 벽에 자전거를 기대어 놓고 아무 말 없이 집 안으로 들어왔다. 등 뒤에서 "말로, 괜찮아?" 하는 소리가 들리길래 피곤하다고 되받아쳤다. 아빠는 시원한 부엌에서 악보를 열심히 들여다보고 있었다(아빠는 남는 시간에 작곡을 한다). 그럴 때는 아빠를 방해하면 안 된다. 나는 조용히 계단을 올라 방으로 향했다. 잔이 자기 방에서 블록으로 빌딩을 짓고 있었다.

"안녕?"

나는 손을 살짝 흔들며 인사를 건넸다. 잔이 나를 보고 웃었다. 그때 갑자기 1987년 여름 폴린은 어느 방에서 잤을까가 궁금해졌다. 내 방에서 잤을까? '가정부'라고 했던 엄마는 어디서 잤을까?

"도와줄까?"

"응. 아직 안 높은데 더 쌓으면 무너질 것 같아."

나는 잔 옆에 가서 바닥에 양반다리를 하고 앉았다.

"알았어. 밑을 더 쌓아야겠다."

나는 블록 몇 개를 집어서 잔이 쌓은 빌딩 주위에 놓기 시작했다. 그래야 와르르 무너지지 않을 것 같았다.

"아가야, 오빠가 뭐 하나 물어봐도 돼?"

잔은 마음대로 하라는 듯 어깨를 으쓱했다. 나는 일부러 수상쩍은 목소리로 말했다.

"오늘 아주 중요한 조사를 했어."

잔은 갑자기 관심을 보이며 손에 든 파란색 블록을 바닥에 내려놓았다.

"무슨 조사?"

"폴린에 관한 조사."

잔의 얼굴이 어두워지면서도 생기가 돌았다. 두 표정이 겹치니 마치 특수효과를 보는 것처럼 이상했다.

"폴린이 아주 오래전에 이 집에 살았다는 걸 알아냈어."

"그건 나도 알아."

"뭐?"

"폴린이 말해 줬어. 내 방이 자기 방이었다고."

어린 영매가 내가 질문을 하기도 전에 설명했다. 멋지군.

"또 무슨 말 했어?"

잔은 화가 난 듯 얼굴을 찌푸렸다. 작은 코에 주름이 갔다.

"말하기 힘들어."

"왜?"

잔은 눈을 내리깔았다. 그리고 목소리도 깔았다.

"폴린이 나한테 말을 걸어. 오빠나 아빠, 엄마처럼 말하는 게 아니라…… 내 머릿속에서 말해. 항상 잘 들리는 건 아니고 어떨 때는 무슨 말인지 잘 모르겠어. 그리고 나한테 뭔가 주고 싶으면 그 물건을 나타나게 해."

"나타나게 한다고?"

"생쥐처럼."

이제 생쥐까지. 점점 가관이다.

내가 알아듣지 못하는 것 같았는지 잔이 내 손바닥을 쳤다. 릴리 누나가 나를 놀릴 때와 똑같은 눈빛이었다.

"생쥐 말이야. 베개 밑에 물건을 가져다 두는 생쥐!"

"아, 알았어. 그렇게 해서 장식을 줬다는 거지?"

"응?"

"메스……. 아가 인형 구한 거 말이야."

잔은 고개를 끄덕였다. 나는 흥분하며 혹시 폴린이 다른 물건도 나타나게 한 적이 있는지 물었다. 잔은 고개를 저었다.

"베개가 젖은 적은 있어."

"젖었다고?"

"응, 완전히 젖었었어. 그리고 더러웠어. 갈색이었고. 완전 똥 같았어."

잔이 깔깔대고 웃었다. 그렇게 웃는 걸 보니 정신이 말짱한 것 같아 안심이었다.

"엄마랑 아빠는 뭐랬어?"

"내가 베갯잇을 숨겨 놔서 몰라. 물을 쏟아서 그랬다고, 죄송하다고 했지. 혼나긴 했어. 어쨌든 잃어버린 거니까. 그래도 끝까지 어디 있는지 안 말했어. 약속했거든."

"그 베갯잇, 어디에 숨겨 뒀어? 아직 가지고 있어?"

"이것 좀 잡고 있어 봐."

나는 더 묻지 않고 블록 빌딩을 잡았다. 이 허무맹랑한 대화를 하기 전에 우리가 하던 일을 까맣게 잊고 있었다. 나는 빌딩을 안정시키려고 두 손으로 받쳤다. 잔은 빌딩에서 손을 떼고 자리에서 일어났다. 그리고 벽장(미닫이문으로 여닫는 벽장)을 열었다. 잔은 무릎을 꿇고 깜깜한 벽장 안으로 들어가 무언가를 찾았다. 뭘 하는지 자세히 보고 싶었지만 빌딩에서 손을 뗄 수 없었다. 그래도 잔에게 '비밀 장소'가 있다는 건 알게 되었다. 잔은 벽장에서 천 조각을 가지고 나와 내게 내밀었다. 잔이 제자리로 돌아와 빌딩을 다시 붙잡았고 나는 잔이 내민 베갯잇을 펼쳤다. 베갯잇은 아직도 약간 젖어 있었고 곰팡내가 났다. 하지만 묻어 있는 건 잔 말처럼 '똥'은 아니었다. 진흙 같았다. 조금 남아 있던 마른 흙이 손가락 사이로 으스러졌다. 끔찍한 광경이 떠올랐다. 잔의 침대에 진흙으로 뒤덮인 여자가 잠들어 있는 광경. 다락방에서 가져와 이제는 잔의 것이 된 그 침대에. 새엄마가 흰 페인트로 칠하고, 잔이 그 위에서 온갖 곡예를 펼치는 철제 침대에…….

"폴린이 다른 말 한 게 있어?"

"글쎄……."

잔은 갑자기 대답하는 게 귀찮아진 것 같았다. 약간 흔들리던 빌딩에 잔이 블록 하나를 더 쌓으니 전체가 와르르 무너졌다. 잔은 울음을 터뜨렸다. 나는 잔을 달래며 "괜찮아, 다시 하면 돼. 더 멋진 빌딩 만들자"라고 말했다. 잔이 안쓰럽기도 했지만 새엄마가 무섭기도 했다. 내가 또 나쁜 짓을 했다고, 자기 딸을 괴롭혔다고 생각할까 봐 무서웠다. 질문을 퍼부어서 못살게 굴었으니 어느 정도는 사실이지만……. 다행히 잔은 금방 진정됐다. 우리는 새 건물을 쌓았다. 가지각색의 블록을 사용해서 훨씬 더 크게 지었다. 잔이 신나서 손뼉을 쳤다.

"사진 찍자, 오빠가 찍어 주라!"

나는 휴대폰으로 사진을 찍었다. 모든 각도에서. 그리고 몰래 베갯잇을 챙겨 나와 세탁기 안에 넣었다.

이제 통창을 통해 마당을 내다볼 수 있게 됐다. 단두대를 닮은 창문은 사라졌고, 창밖의 몬스터플랜트, 미니 야자수, 화단을 파노라마로 볼 수 있다. 커다란 나무 탁자, 스칸디나비아풍 의자, 이국적인 무늬가 그려진 작은 쿠션도 있다. 부모님은 저녁을 먹고 우리가 만든 블록 빌딩의 건축학적 완벽함에 감탄했다. 아빠는 로제 와인 한 잔을 들고 평소와 다르게 흥분한 채 말했다.

"여보, 믿어져? 우리 집에 프랭크 로이드 라이트가 두 명이나 있어!"

잔은 프랭크 로이드 라이트가 누구인지 몰랐지만 너무 신이 나서 아무래도 좋아 보였다. 잔이 나를 바라보며 뿌듯한 웃음을 지었다. 나는 내 여동생을 완전히 되찾은 것 같았다.

그런 잔을 또다시 배신해야 한다니…… 마음이 좋지 않다. 나는 잔의 '비밀 장소'를 파헤칠 생각이다.

2017년 7월 27일 목요일

오전 11시 23분
맑음

오늘 아침 아주 일찍, 잔이 핫초코에 마들렌을 담그는 동안 나는 손전등을 들고 잔의 벽장 속으로 기어들어 갔다. 바퀴벌레처럼……. 잔 몰래 이런 일을 하는 내 존재가 꼭 그렇게 느껴졌다.

벽장 안쪽에서 나는 어렵지 않게 비밀 장소를 발견했다. 걸레받이 부분이 벽에서 금방이라도 떨어질 것 같이 대충 붙어 있었다. 잔이 똑똑하긴 하지만 이런 비밀 장소를 혼자 찾아낼 정도는 아니다. 이런 생각은 아예 할 수 없는 아이다. 이건 분명 폴린의 생각이다. 나는 약간 스트레스를 받으며(거미, 쥐, 그리고 '도시 촌놈') 비밀 장소 안으로 손을 집어넣었다. 더듬어 보니 종이 몇 장이 잡혀 밖으로 끄집어냈다.

확인해 보니 내가 본 적이 없는 잔의 그림들이었다. 분홍색 스케치북에서 찢겨 나가 있던 부분들이 틀림없었다. 나는 벽장에서 나와 팔에 묻은 먼지와 징그러운 거미줄을 털어 냈다. 그리고 벽에 기대어 앉아 그림을 살펴보았다. 어떤 그림인지 설명하기는 좀 어렵지만 한 가지는 확실했다. 잔이 숲속에 있는 집을 그렸다는 것. 선은 거칠었고 색은 요란했다. 하지만 그건 분명 '폐가'였다. 첫 번째 그림은 풀과 나무로 뒤덮인 집 외관이었고, 두 번째 그림은 거실이었다. 깨진 샹들리에, 돌로 만든 벽난로, 깔때기 모양의 그을음 자국⋯⋯. 두 번째 그림은 특히 무서웠다. 화살표 하나가 벽난로를 가리키고 있었기 때문이다. 그런데 그 화살표는 잔이 그린 게 아니었다. 직선이 지나치게 곧았다. 정확하면서 동시에 부정확한─미친 소리 같다는 거 아는데, 진짜로 미친 건지는 모르겠다─화살표는 피로 그린 것 같았다. 피에 적신 검지로. 세 번째 장에는 거실 중앙에 사람 모습처럼 보이는 어떤 형체가 그려져 있었다. 길고 가느다랗고 하얬다. 순간 데자뷔가 느껴져 소름이 돋았다.

나는 그림들을 휴대폰으로 찍고 비밀 장소에 다시 넣어 두었다.

그리고 걸레받이 부분을 원래대로 벽에 붙여 놓았다.

나는 내 방으로 돌아와서 숲에서 찍었던 영상을 열었다. 찍은 다음에 다시 본 적이 없었는데, 잔의 그림을 보니 생각났다. 영상은 두 개였다. 하나는 안에서 찍었고 다른 하나는 밖에서 찍었다. 그런데 휴대폰 화면으로는 별로 보이는 게 없어서 컴퓨터에다 파일을 옮기기로 했다.

지금 파일이 전송 중이다.

근처를 지나던 아가트 이모가 우리 집에 들렀다. 반쯤 열어 둔 창문 사이로 이모의 노래하는 듯한 목소리가 들렸다. 내가 좋아하는 이모는 엄마를 참 많이 닮았다. 하지만 엄마보다 더 날씬하고 더 젊고 더 활력이 넘친다. 이모가 와서 너무 좋지만 점심 식사가 끝도 없이 늘어질 것 같은 예감이 든다.

2017년 7월 27일 목요일

저녁 6시 53분
노을진 하늘

활력 넘치는 아가트 이모는 우리가 '천국'에 산다면서 '엄청난 행운아들'이라고 말했다.

산전수전 다 겪은 독신 이모는 '친구'를 데려왔다. 하지만 잔을 제외하고는 우리 모두 그 사실을 믿지 않았다. 접시가 오갈 때마다 이모 허벅지에 올라가는 남자의 손은 그저 '아마추어 셜록 홈스'인 나에게도 둘의 관계를 추측하게 했다. 남자의 이름은 팀이었다. 키가 크고 홀쭉했다. 반세계화 운동을 하는 사람처럼 지저분하게 옷을 입었지만 머리는 깨끗했다. 그리고 솔직히 말하면 재미있는 사람이었다. 새엄마는 팀을 보고 '섹시하다'고 했다. 팀이 자두 타르트를 칭찬하자 새엄마는 "마당에서 따 온 거예요!"라고 자랑스럽게 말했다.

내가 팀을 좀 비꼬는 것처럼 말했지만 이모가 행복해하는 모습을 보니 정말 기뻤다. 다만 예상했듯이 식사는 끝날 줄 몰랐다. 할 일이 있었는데 말이다. 나는 잔의 그림 때문에 혼란스러웠다. 다른 생각은 할 수가 없었고 음식이 목구멍으로 넘어가지 않았다. 오후가 되어서야 굳이 서로를 '친구'라고 부르는 두 사람이 떠났다. 가르교 근처에 숙소를 잡았다고 한다. 팀은 이번에 꼭 번지점프를 하고 싶다고 했다. 나 같으면 억만금을 줘도 다리에서 뛰어내릴까 말까인데. 하지만 뭐, 사람들 생각은 다 다른 법이니까. 아가트 이모에게 인사하면서 나는 이모가 준 생일선물이 많은 도움이 되고 있다고 말했다. 이모는 어린아이처럼 볼이 빨개졌다.

"정말? 내가 그 일기장 줄 때 네 표정을 너도 봤더라면. 솔직히 이모 상처받았었거든."

"미안. 일기장은 정말 좋은 생각이었어. 이모 생각이 맞더라고. 이모도 알잖아. 내가 반응이 좀 느린 거."

이모는 킥킥대며 애정 어린 손길로 내 머리를 헝클어뜨렸다.

"정말 잘됐다. 아무튼 이곳 날씨가 너한테 참 좋은 것 같아. 근육도 생기고 까무잡잡하게 탄 게 너무 멋져졌어."

예쁜 이모는 성격 좋은 반세계화 운동가의 품에 안겨 떠났다. 잔은 거실에서 〈겨울왕국〉을 틀었다(그러고 보니 오랜만이었다). 아빠는 얼근히 취한 채 긴 의자에 드러누웠고, 새엄마는 그런 아빠를 보며 지금이 60년대냐고 불평을 터뜨렸다. 남자는 쉬고 여자만 설거지를 하는 시대는 지났다고.

그러는 사이 나는 거실을 빠져나왔다.

방으로 돌아와서 영상을 여러 번 돌려 봤다. 처음에는 특별한 게 보이지 않았다. 찍어 놓은 걸 보고 솔직히 난 영화감독은 못 되겠다 싶었다. 빛도 엉망이었고 각도도 형편없었다. 또 손은 왜 그렇게 떠는지. 아무튼 내 적성은 시나리오 작가에 더 맞는다. 폴과 다르게, 나는 영상보다 언어에 훨씬 더 소질이 있으니까. 그런데 폐가 안에서 찍은 영상을 세 번째 보는 도중에 뭔가가 눈에 띄었다.

왼쪽 구석.

벽난로 옆 구석에 어떤 형태가 지나갔다. 찰나였지만, 내가 그날 누군가를 본 게 맞았다는 확신이 들었다. 같은 장소는 아니더라도 영상은 분명 그곳에 누군가 있었다는 걸 보여 주는 증거였다.

나는 영상을 일시 정지시켰다. 아쉽게도 흐릿한 형태로만 보였다. 잔이 그린 것과 비슷했다. 금세 사라졌고 희미하긴 했지만, 분명히 거기에 있었다. 마약 중독자들도 유령 같은 모습을 하고 다니긴 하지……. 그래도 내가 본 게 마약 중독자는 아니라는 건 거의 확실하다.

이제 선택의 여지가 없다. 내일 마야 신전에 다시 가 봐야 한다.

약속은 약속이다.

잔과의 약속을 지키려고 유령과 약속을 지키는 거지만, 어쨌든.

2017년 7월 28일 금요일

오후 5시 36분
맑음

폐가에 도착해서는 아무런 생각도 하지 않고 곧장 벽난로로 향했다. 나는 손전등을 켜고 몸을 숙여 굴뚝 안쪽을 살폈다. 지난번에 자갈돌을 준비해 갔던 것처럼 이번에도 미리 긴 장갑을 가져갔다. 굴뚝 상태는 가관이었다. 거미줄과 그을음, 부러진 나뭇가지, 말라비틀어진 낙엽, 악취를 풍기는 동물 사체들로 가득했다. 쥐, 지네, 새, 도마뱀, 뱀 정도!

진짜 고맙네, 폴린.

용기를 내려고 크게 심호흡을 하고 장갑을 꼈다. 그리고 몸을 숙여 굴뚝 안을 더듬었다. 하지만 아무것도 건지지 못했다. 나는 마지못해 굴뚝 안으로 최대한 들어가 보자는 끔찍한 결정을 내렸다. 더러운 것들이 어찌나 쏟아지던지 결국 눈을 보호하기 위해 선글라스를 써야 했다. 그랬더니 앞이 더 안 보여서 무작정 굴뚝 안쪽을 더듬을 수밖에 없었다. 헤드램프를 생각 못한 게 한이었다. 그러다…… 드디어! 뭔가가 손에 닿았다. 장갑 낀 내 손이 움푹 파인 구멍 하나를 찾아낸 거다. 분명 돌을 떼어 낸 곳 같았다. 나는 곡예사처럼 온몸을 비틀어 손을 구멍 속으로 더 밀어 넣었다. 거미줄이 마치 징그럽고 끈적끈적한 손처럼 내 얼굴을 덮었다. 그렇게 구멍에서 물건을 꺼내는 데 성공했다. 무슨 상자 같았는데, 그걸 집자마자 지옥 같은 굴뚝에서 재빨리 탈출했다. 꺼낸 물건이 무엇인지 보기도 전에 나는 물건을 바닥에 놓고 용수철처럼 몸을 일으켜 세웠다. 속이 뒤집힐 것 같았다. 서둘러 장갑과 선글라스를 벗고 미친 사람처럼 몸을 흔들었다. 머리를 털고 얼굴을 비비고 손바닥으로 있는 힘껏 옷을 비볐다. 그러고 나서 소리를 질렀다. 해방된 짐승 울음소리 같은 외침이 반쯤 무너진 벽에 부딪히며 메아리쳐 울렸다. 어느 정도 진정된 뒤에 나는 물건을 확인해 보았다. 그건 쿠키를 넣어 두는 깡통이었다. 녹이 슬었지만 브랜드 로고는 알아볼 수 있었다. 알자시엔에서 나온 샤모닉스 오랑주. 아스테릭스와 오벨릭스가 그려진 걸로 봐선 한정판 같았다. 오벨릭스가 등에 바위 대신 쿠키를 지고 있고, 아스테릭스는 반으로 자른 커다란 오렌지를 굴리는 그림이었다. 깡통을 흔들어 보니 안쪽에서 뭔가 부딪히는 느낌이 났다. 나는 샹들리에를 보지 않으려고 애쓰면서 마야 신전을 나와 신선한 공기를 가득 마셨다.

　폐가와 멀리 떨어진 곳까지 와서 참나무 그늘 밑에 앉아 뚜껑을 열어 보기로 했다. 뚜껑은 조금 힘을 주니까 열렸다. 깡통 안에는 크기가 더 작고 네모난 투명 플라스틱 케이스가 또 들어 있었다. 카세트테이프였다. 솔직히 아빠가 20세기에 태어난 음악광이 아니었다면 그게 무슨 물건인지 알아보지 못했을 거다. 카세트테이프라니, 장난쳐? 시디도 멸종되고 있는 판에!

이렇게 써 놓긴 했지만, 사실 〈백 투 더 퓨처〉 같기도 해서 기분이 나쁘지만은 않았다.

나는 테이프를 다시 깡통에 넣고 그걸 자전거 가방에 넣었다. 테이프에 무엇이 녹음되어 있을지 빨리 들어 보고 싶은 마음에 집까지 최대한 빨리 달렸다. 아빠가 테이프를 재생할 수 있는 낡은 카세트를 어딘가에 놔뒀을 거다. 이사하면서 버리지 않았기를. 제발!

폴린의 카세트테이프 녹취록
들리는 대로 받아 적음

(목 가다듬는 소리)

어디서부터 시작해야 할지 모르겠다. 먼저 내 이름부터 말할게. 내 이름은 폴린이야. 열다섯 살 생일이 딱 한 달 전이었어. 나는 사자자리야. 크아아앙!

(폴린이 웃었다. 그런데 소리가 이상하다. 억지로 웃는 듯한? 애써 참으려는 느낌 같기도 하고.)

오늘은 1987년 8월 23일 일요일이고 날씨가 제법 선선해졌어. 다행이야. 조금만 움직여도 땀이 비 오듯 하니까. 지금 생일선물로 받은 파나소닉 녹음기로 이 테이프에 녹음하고 있어. 엄마가 처음으로 생일선물을 정성껏 고른 것 같아. 이걸 어떻게 받아들여야 할지……. 평소에는 양말이나 책 같은 걸 줬단 말이야. 열한 살 생일에는 케이크밖에 없었고. 그땐 돈이 너무 없었거든.

(침묵)

나는 샤토에 올라왔어. 여기서는 조용하게 녹음할 수 있거
든. 뭘 어떻게 해야 할지 모르겠어서 그냥 전부 다 녹음해
버리려고. 아무한테도 말할 수 없지만 그래도 어떤 식으로
든 말을 해야 할 것 같아서 말이지. 내 친구 오드레는 초등
학교 4학년 때부터 일기를 쓰는데 나는 글 쓰는 걸 좋아하
지 않아. 그냥 얘기하는 게 더 좋지.

둘 다 비슷한 거 아닌가?

(침묵)

내가 이 얘기를 하는 건 마음이 가벼워지고 싶어서지만 무섭
기 때문이기도 해. 왠지 나쁜 짓을 한 것 같은 느낌이 들거든.
난 아무 잘못도 안 했는데……. 그런데도 죄책감이 들어. 사
실은, 나쁜 짓을 한 게 아니라 보지 말아야 할 걸 봤어. 그래
서 무서워. 그리고 창피해. 다른 사람을 대신해서 내가 창피
를 느껴……. 나보다 더 바보 같은 애가 세상에 있을까?

(한숨)

언젠가 이 테이프를 듣는 사람은 내가 하는 말을 하나도
이해하지 못할 거야.

이걸 듣는 사람이 영영 아무도 없었으면 좋겠지만.

(들숨, 날숨)

이제 다시 시작할게.

내 이름은 폴린 가르디네야. 열다섯 살이고. 아빠는 내가 아주 어렸을 때 돌아가셔서 아빠에 대한 기억은 없어. 아빠는 공사장에서 일하셨는데 어느 날 철제 기둥이 아빠를 덮쳤어. 아빠 사진은 딱 한 장밖에 없어. 공교롭게도 공사장에서 찍은 사진이지. 아빠는 입이 귀에 걸릴 정도로 웃고 있어. 키가 아주 큰 갈색 머리의 미남이지. 사진에서는 노란 안전모를 쓰고 있어. 안전모가 아무런 도움도 되지 않은 것 같지만.

나는 여기까지 듣고 카세트를 멈췄다. 눈에 눈물이 고였다. 아빠에 대해 말하는 폴린의 갈라진 목소리를 들으니 나도 울컥했다. 뭉개진 흰색 BMW 속 엄마 모습이 머릿속에 떠올랐다. 아직 살아 있었다면, 엄마와 폴린은 비슷한 나이대였을 것이다. 실종이 곧 사망은 아니라는 건 잘 알고 있다. 하지만 시간이 많이 지난 만큼 사망에 무게를 실을 수밖에……. 특히 그 유령이 집을 떠나지 않았을 때는!

테이프를 넣은 빨간 소형 카세트는 품질이 형편없는 휴대용이다. 디테일을 좋아하는 것 같은 폴린을 따라 하고 싶어서 브랜드는 타마시라고 밝혀 둔다. 나는 곧 '음악실'이 될, 아직은 비어 있는 방에 들어왔다. 벽에 노란 얼룩이 있는 이 방은 집에서 가장 조용하기도 하지만 무엇보다 집에서 가장 외딴곳이다. 고대 유물 같은 카세트에는 헤드폰을 연결할 수 있는 구멍도 없는데 다른 누군가가 녹음 내용을 듣는 건 싫었다. 아빠는 마당을 가꾸는 중이었고 새엄마는 일하고 있었다. 잔은 트램펄린 위에서 뛰고 있었다. 나와 폴린 둘뿐이었다. 나는 챙겨 간 악력기를 잡고 운동을 하며 다른 시대에서 온 유령의 목소리를 들었다. 폴린의 목소리는 아주 가까이에서 들렸다. 그렇지만…….

테이프가 손상되어서 지직 소리를 냈다. 그래도 폴린이 내 귀에 속삭이는 듯했다. 누가 들어올까 봐 나는 소리를 아주 작게 틀고 문을 닫아 놓았다. 폴린은 멋진 목소리를 가지고 있었다. 딴딴하면서도 평생 담배 한 트럭은 피운 늙은 여배우처럼 쉰 목소리였다. 열다섯 살 여자아이의 목소리와는 거리가 멀었다. 목소리의 떨림도 와 닿았다. 폴이 있었다면 "말로, 넌 안 돼. 진짜 너무 섬세해"라고 말했을 것이다. 나는 떨리는 가슴으로 다시 '재생' 버튼을 눌렀다.

아빠 얘기를 하는 건 아빠가 돌아가신 지 한참 되었기 때문이야. 사람들이 엄마를 결혼 안 한 여자로 볼 정도니까. 엄마는 어렸을 때 나를 낳았어. 열여덟 살에. 엄마 아빠는 서로를 사랑해서 결혼했어. 임신은 걱정거리가 아니었어. 모두가 행복했지. 문제는 그 행복이 오래가지 않았다는 거야.
엄마는 나를 돌보느라 학교를 그만뒀어. 애초에 학교를 좋아하지도 않았다고 늘 나한테 말했지. 그런 이유로 엄마는 내가 공부 잘하는 학생이라는 사실을 그토록 자랑스러워했을 거야. 아무튼, 엄마는 아빠가 죽은 다음부터, 그러니까 10년 전부터 돈을 벌기 위해 이곳저곳에서 가사도우미를 했어. 우리는 오랫동안 안마스에서 살았어. 나는 그 도시가 지긋지긋해. 산에 둘러싸인 어두운 도시거든. 늘 날이 흐리고 비가 퍼붓는 곳이야. 내가 받은 안마스의 느낌은 그랬어. 지금은 소나무집에 살아. 프라셰 부부가 3년 전에 구인 광고를 내서 엄마를 고용했거든. 부부가 1년 내내 이곳에서 지내는 건 아니고 주말이랑 휴가 때만 와. 그래서 집을 비우는 동안 '관리' 할 사람이 필요했던 거야. 골동품을 파는 사람들이어서 집에 값진 물건이 많거든. 값진 물건은 도둑과 먼지를 끌어들이니까. 그런데 말이 관리인이었지 사실 프라셰 부부는 집에 와 있을 때 시중들어 줄 사람이 필요했던 거야. 지금도 집에 와 있거든. 프라셰 부인은 엄마를 '집사' 라고 부르는데, 엄마는 기분이 좋나 봐. 가사도우미가 아니라 '집사' 라고 하니까. 겉으로야 더 좋아 보이지만 어차피 그게 그거지. 하지만 엄마가 좋다면야 뭐⋯⋯. 1년에 반은 엄마와 나 단둘이 지내. 엄마는 다락방을 개조한 방에서 지내고 나는 2층에 내 방이 있어. 프라셰 부부의 아들인 아르노 방 옆이야. 아르노는 나랑 또래야. 열네 살.

(침묵)

나는 아르노가 착해서 좋아. 나이에 비해 정말 아기 같지만. 부잣집 아들이어서 그럴까? 그건 잘 모르겠지만 가끔 아르노는 아홉 살짜리처럼 굴어. 그래서 아르노가 오면 내가 누나 역할을 해. 그게 싫지는 않아. 나도 남동생이 있었으면 했거든.

(긴 침묵)

어떻게 해야 할지 모르겠어. 아르노에게 말해야 할까? 아르노가 아무리 아기 같아도 알 권리가 있는 게 아닐까? 이 얘기를 나 혼자 어떻게 감당하지?

이때 갑자기 테이프에서 큰 소리가 들리더니 멀리서 누군가 언성을 높이는 소리가 났다. 거기에서 녹음이 끝났다. 샤토에 사람들이 나타난 것 같았다. 폴린은 녹음을 멈추고 녹음기를 감췄을 것이다.

동시에 복도에서도 발소리가 들렸다. 나도 재빨리 카세트를 벽장에 감췄다. 문이 열리고 화난 듯한 새엄마가 들어왔다.

"너 찾으려고 집을 다 뒤졌잖아. 여기서 혼자 뭐 해?"

"생각 좀 하느라고요."

"얼마나 대단한 생각을 하길래? 10분 전부터 불렀는데."

"그래요? 왜요?"

"왜 불렀겠니?"

나는 손목시계를 보았다. 저녁 8시가 다 되어 가고 있었다. 시간 가는 줄 몰랐다. 나는 낙담한 채 자리에서 일어나 새엄마를 따라 마당으로 나갔다. 잔은 나를 보더니 활짝 웃었다. 마당에서 좋은 냄새가 났다. 아빠가 새로 산 그릴을 켜서 양갈비에 허브를 뿌려 굽고 있었다.

양갈비를 사랑하지만 오늘은 배가 하나도 고프지 않았다. 폴린의 이야기는 스릴 넘치는 드라마 같다. 그런데 하필이면 손에 땀을 쥐게 하는 부분에서 멈췄다. 내가 바라는 건 그다음 내용을 듣는 것뿐이다.

2017년 7월 28일 금요일

한밤중

(백색 소음)

오늘은 월요일이야. 어제는 장-필리프와 피에르가 와서 이야기를 마치지 못했어. 친구들이 말도 없이 왔더라고. 이곳이 우리가 마음대로 드나드는 아지트긴 하지만. 올지도 모른다고 생각하긴 했는데 진짜 나타날 줄은 몰랐어.

(침묵)

남자들이란.

남자들은 다 바보 같아. 엄마는 늘 말했어. "남자들이 얼마나 바보 같은데!" 지금은 엄마의 '설교'가 웃겨.

그래, 난 바보가 아니지. 그래도 나는 남자야.

엄마는 내가 여자인 줄 알아. 오드레도 내가 여자라고 믿어.

가게 아줌마도, 빵집 아줌마도, 우체국 아줌마도.

하지만 나는 여자가 아니야. 그러니까, 진짜 여자는 아니라고.

(침묵)

나는 다른 사람들처럼, 그러니까 여자애들처럼 행동해. 치마를 입고 짧은 양말을 신고 가끔 립글로스도 바르지. 하지만 피에르, 장-필리프와 같이 있을 때는 달라. 이 친구들과 같이 있으면 기분이 좋아. 우리는 달리기도 하고 정신 나간 짓도 하고 싸우기도 하지. 이 친구들은 아마 내가 자기들을 좋아해서—사랑 같은 거—어울린다고 생각할지도 모르지만 사실 나는 친구들이 부러워. 걔넨 몸통이 평평하거든. 나는 튀어나온 가슴 때문에 우울해.

가슴이 불편해.

우리는 몸을 단련해. 육상선수, 용병, 전사처럼. 여자친구, 키스 같은 건 관심 없어. 재미있게 놀고 젊음을 뿜어내지. 장-필리프는 나를 '선샤인'이라고 불러. 내가 태양처럼 강하고 빛나기 때문이래.

친구들은 여자친구가 있어. 피에르는 한 명, 장-필리프는 한 트럭. 피에르 여자친구는 키가 작고 금발에 다정한 아이야. 분홍색 바지와 회색 맨투맨을 입고 꽃무늬 머리띠를 하고 다니지. 장-필리프의 여자친구들은 키가 크고 갈색 머리에 뱅 스타일로 앞머리를 내리고 다녀. 아주 짧은 청바지를 입고 짧은 티셔츠를 가슴 앞에 묶어서 다니고. 장-필리프의 여자친구들은 예쁘고, 예쁘다 못해 조금 무서워.

그 여자애들은 내가 얘네들과 어울린다는 걸 몰라. 알게 되면 아마 질투할걸. 그러고 보면 여자들도 바보 같기는 마찬가지야. 나는 질투라는 게 완전히 바보 같다고 생각해. 이해하기도 어렵고. 우리는 친구 사이일 뿐인데 말이야. 사이가 좋아질수록 내가 남자라는 확신이 들어. 아니면 여자-남자. 그렇다고 여자인 게 싫은 건 아니니까.

여자-남자도 멋지지 않나?

나는 '정지' 버튼을 누르고 어둠 속에서 씩 웃었다. 폴린도 평범한 걸 싫어하는구나! 팜므파탈의 목소리를 가진 톰보이라니! 나는 완전히 홀려 버렸다. 이 표현이 정확한지 모르겠지만 그런 종류의 감정이다. 유령에게도 반할 수 있는 걸까? 아무튼 나는 그랬다. 나보다 나이가 훨씬 많은 우체국 직원과 30년 전에 죽은 여자아이에게 반하는 게 바로 나다. 폴이 알았다면 "너 하는 꼴이 심상치 않다"라고 했을 거다.

가족들은 모두 잠들었고 나는 빨간 카세트와 손전등을 들고 음악실 벽장에 틀어박혔다. 손에는 악력기 대신 크리스털 장식 조각을 꽉 쥐었다. 그걸 쥐고 있으면 폴린과 내가 더 강하게 연결될 것 같았다.

친구들은 늘 나를 못살게 굴어. 항상 나를 시험하고. 친구들이 그러는 게 싫지만 지고 싶지 않아. 맞서고 싶어. 바보 같은 도전이지만 이겨 내고 싶어. 나는 겨우 성공하지. 만약 피에르와 장-필리프가 없다면 나는 어떻게 될까? 쥘리, 마리, 델핀, 스테파니, 제랄딘과 놀아야 할까? 차라리 죽고 말겠어. 여자애들이 잘못되었다는 게 아니야. 다들 착하고 명랑하고 개성 강한 아이들이야. 하지만 싫어. 내가 좋아하는 여자애는 오드레뿐이야. 오드레도 남자처럼 생각할 줄 알거든. 하지만 지금은 프랑스 반대편으로 휴가를 떠났어. 오스고르에서 서핑을 하고 있을걸.

(긴 침묵)

나는 여자-남자야. 그리고 보지 말아야 할 것을 봤어.

어제저녁에도 아르노에게 다 털어놓을까 망설였어. 하지만 용기가 나지 않더라. 아르노는 아빠를 영웅처럼 생각해. 아들이 아빠를 그렇게 존경하는 건 처음 봤어. 나한테 아빠가 없어서 그런 걸지도. 프라셰 씨는 나를 대할 때 따뜻하지도 차갑지도 않아. 잘생겼단 건 확실해. 나한테는 그냥 늙은 남자지만. 어쨌든 아빠보다는 못생겼어. 그런데 프라셰 씨는 마법사처럼 사람을 홀리는 재주가 있어.

(딱 하는 라이터 소리, 담배를 빨아들였다가 내뱉는 소리)

이 테이프를 만드는 건 무섭기 때문이야. 만일의 상황에 대비해서 증언 같은 걸 남기려고.

만일의 상황이 뭐냐고?

(침묵)

내가 뭔가를 봤는데, 내가 그걸 본 걸 누가 봤을지도 모르
겠어.

(숨을 내쉬는 소리)

쳇, 내가 한 얘기지만 다 엉터리 같아.

녹음이 갑자기 멈췄다. 그러다가 다시 시작되었지만 폴린이 누
른 게 아니었다. 폴린은 가고 없었다. 녹음기는 샤토의 소리, 마야
신전의 소리를 녹음했다. 바람 소리, 새 소리, 숲 소리. 녹음기가
돌아갔고, 테이프도 빨간 카세트의 작은 플라스틱 창 안에서 계속
돌아갔다.

나는 기다렸다.

조금 있으니 폴린이 돌아왔다. 폴린의 목소리는 차분하고 낮았
다. 이번에는 준비를 하고 온 것 같았다. 마치 미리 써 놓은 대본
을 읽는 듯했다.

금요일 저녁, 프라셰 부인이 외출했어. 근처에 놀러 온 친구
를 만나 저녁을 먹으러 님에 간다더라고. 프라셰 부인은 매
우 사교적이어서 친구가 많아. 나는 "다녀오세요, 베아트리
스. 즐거운 시간 보내세요"라고 인사했어. 부인이 자기를 그

렇게 부르라고 했거든. 부인은 아르노와 나를 위해서 영화 한 편을 빌렸다고 했어. 〈그렘린〉이라는 영화였어. 좋아하는 영화긴 했지만 이미 영화관에서 본 작품이었어. 어제 본 것처럼 내용이 생생하게 기억났어. 그래도 나는 "감사합니다"라고 인사를 했어. 어쩌겠어. 부인이 집주인인걸.

엄마, 아르노, 프라셰 씨, 그리고 나는 부엌에서 함께 저녁을 먹었어. 원래 저녁은 프라셰 가족만 거실에 모여서 먹었고, 엄마와 나는 그 전이나 후에 먹었거든. 그런데 그날은 넷이서 저녁을 먹었고, 꽤 좋았어. 식사가 끝난 뒤 엄마는 식탁을 정리하고 설거지를 시작했어. 프라셰 씨는 일하러 서재에 간다고 말하며 '아이들', 그러니까 우리는 거실에서 영화를 봐도 좋다고 했어.

나는 재생 장치에 비디오테이프를 넣었어. 〈그렘린〉을 처음 보는 아르노는 화면에서 눈을 떼지 못했어. 그리고 얼마 뒤 나는 화장실에 가고 싶어서 위층으로 올라갔어.

(침묵)

그때 복도 끝 방에서 소리가 들렸어.

프라셰 씨의 서재였어.

듣자마자 무슨 소리인지 알았어.

왜냐면 사실은, 믿고 싶진 않았지만, 처음부터 알고 있었기 때문이야. 서재 문은 잠겨 있지도 않았어. 분명 잠갔을 텐데,

자물쇠 판이 고장 났는지 어쨌는지 문이 저절로 열린 모양이지. 서재에는 엄마가 있었어. 책상 위에 누운 엄마의 치마가 올라가서 허벅지가 드러나 있었어. 그리고 엄마 위에 바지가 발목까지 내려간 프라셰 씨가 있었어.

(폴린이 새 담배에 불을 붙이고 빨아들인 다음 내뱉었다.)

프라셰 씨가 나를 봤는지 모르겠어. 못 본 것 같지만 확실하진 않아.

나는 다시 '정지' 버튼을 눌렀다. 장식 조각을 손에 쥔 채 몸을 떨고 있었다. 주먹을 얼마나 꽉 쥐었던지 손이 베였다. 그래서 장식과 손전등을 떨어뜨렸는데, 손바닥에 난 피가 보였다. 카세트처럼 빨간 피가 번들거렸다. 아주 먼 곳, 1987년의 세계로 떠나느라 손에 피가 나는지도 몰랐다. 영화에서 본 '혈맹'이 떠올랐다. 방금 나는 폴린과 혈맹을 맺은 것이다. 폴린과 잔이 그랬던 것처럼. 폴린의 목소리가 공기 중에 퍼져 있었다. 폴린의 진동하는 불안이 느껴졌다. 그 옆에 내 불안도 있었다.

'상징의 숲'도. 우연의 일치도. 나처럼 반은 고아인 폴린. 나처럼 불륜을 마주한 폴린. 불륜과 배신. 그리고 내 손에 맺힌 피…….

더 현실적인 문제를 말하자면, 나도 화장실에 가고 싶었다. 그리고 상처에 밴드도 붙여야 했다. 나는 벽장에서 나왔다. 그런데 방문이 조금 열린 걸 보고 등골이 오싹했다. 지하실 문처럼, 분명히 잠갔다고 생각했는데……. 폴린의 말이 머릿속에 메아리쳤다. "자물쇠 판이 고장 났는지……." 일단 나가자.

나는 살금살금 복도를 지나 화장실까지 갔다. 화장실은 잔의 방 맞은편에 있다. 바닥이 예외 없이 삐걱댔지만 깨어나서 불평을 늘어놓는 사람은 없었다.

나는 소변을 보고 상처를 빠르게 소독한 다음 밴드를 붙였다. 그리고 미래의 음악실로 돌아가 다시 벽장에 들어갔다. 이 방이 바로 프라셰 씨의 서재였다는 걸 막 깨달은 참이었다.

그러지 말아야 했겠지만, 나는 이렇게 생각했어. 아르노에게 이 얘기를 해 줘야겠다.

"너희 아빠가 우리 엄마랑 자."

그렇게 말하면 아르노가 충격받겠지만 걔도 언젠가 어른이 되어야 하니까. 그러려면 뭐라도 해야 해. 그렇지 않아? 진실을 마주해야지! 가정부와 잠자리를 갖는 고용주……. 정말 진부해! 부인도 평소대로 행동했을 뿐, 당해도 싼 사람은 아니야. 엄마도 마찬가지고. 그런데 아침드라마에 나오는 멍청한 가정부처럼 스스로 신세를 망치다니…….

(침묵)

그런 다음에 우리가 모두에게 말할 거야. 아르노는 자기 아빠에게, 나는 우리 엄마에게. 그리고 모두 함께 이 기괴하고 혐오스러운 상황을 끊어 낼 거야. 그러면 명예를 지킬 수 있겠지. 나는 이곳에서 사는 게 좋지만, 이런 대가를 치르고 싶지는 않아. 엄마도 다른 일을 찾으면 돼. 다른 먼 곳에서. 이렇게 입 다물고 지낼 수는 없어. 아무 일도 없는 척하면서, 모든 게 다 좋은 척하면서 살 수는 없다고! 거짓말은 참을 수 없어.

나는 여자-남자야. 나도 두 쪽이 있다고.

녹음은 거기서 멈췄다. 그게 끝이었다. 재생이 멈출 때까지 '빨리 감기' 버튼을 눌러 봤지만 역시 아무것도 없었다. 테이프를 뒤집어 재생해도 마찬가지였다. 폴린의 증언은 이렇게 끝났다. '나도 두 쪽이 있다고.' 나는 말 그대로 몸에 전기가 통했다. 팔의 솜털이 천장을 향해 솟아올랐다.

폴린이 30년 뒤에도 나에게 전기를 흘릴 수 있다는 게 더는 놀랍지 않았다. 이제 새벽 2시가 되었다. 상식적으로 지금 다락방을 뒤질 수는 없었다. 사다리가 바닥에 쿵 떨어지는 소리가 모두를 깨울 거다. 하지만 폴린의 엄마가 다락방에서 살았다면 그곳에서 알아낼 수 있는 정보가 있을지도 모른다. 나는 어쩔 수 없이 테이프만 세 번을 더 들었고, 들을 때마다 감탄했다. 부인 몰래 가정부와 자는 고용주라……. 그건 폴린이 말했던 것처럼 진부한 이야기다. 아빠 말에 따르면 프라셰 씨는 정신이 온전치 않아 요양원에서 지내는 늙은이가 되었다. 프라셰 부인은 세상을 떠났고, 우리 아빠보다 조금 더 어린 나이일 아르노는 파리에 있는 은행에서 일한다. 폴린의 엄마는 어떻게 됐을까?

한 가지는 확실하다. '여자-남자'는 녹음을 마치고 테이프를 숨긴 며칠 뒤 연기처럼 사라졌다. 그리고 30년 뒤 나타났다. 이게 정말 우연일까? 어쩌면 폴린은 30년 전부터 계속 나타났던 게 아닐까? 늘 똑같은 '대화 상대자'를 만났을 뿐. 프라셰 부부는 부인이 죽을 때까지 이곳에 머물렀으니 말이다. 당시 부부는 집에서 무슨 일이 벌어지건 폴린의 부름에 귀를 막았을 것이다. 혹시 폴린이 그들과는 접촉하려는 시도조차 안 해 본 걸까? 자기 말을 들을 수 있는 사람이 나타날 때까지 몇십 년이나 기다린 걸까?

그리고 그 사람이 내 동생…….

내가 쓰고 있는 글이 뭔지 알겠다. 이건 미친놈의 일기다. 하지만 이 테이프는 바로 내 눈앞에 있다. 나는 폴린의 목소리를 듣고 또 들었다. 내가 뭘 만들어 낸 게 아니다.

나는 유령, 귀신에 씐 사람과 집이 나오는 영화를 수없이 봤다. 그리고 나는 그런 이야기들을 믿지 않았다.

내 뇌가 아무 말이나 하지 않도록 머리를 잘라 내 버리고 싶다. 나는 무서우면서도 흥분에 들떴다. 그건 심장을 마구마구 뛰게 하는 참 희한한 기분이다.

2017년 7월 29일 토요일

저녁 7시 27분
붉게 물든 태양

햇살에 물든 마당에서 아침을 먹을 때 잔이 푸른 산호초 같은 눈으로 나를 뚫어지게 바라봤다. 폴린이 내 안에 그어 놓은 이상한 선을 읽고 있는 눈치였다. 나는 말없이 카페오레를 마시며 부모님이 빨리 식탁을 떠나기만을 초조하게 기다렸다. 어른들에게 '어른들만의 일'이 있는 것처럼 내게도 어른들은 전혀 이해하지 못할 '아이들만의 일'이 있다,

"오빠도 알지?"

부모님이 사라지자마자 잔이 물었다. 나는 잔이 하는 말을 제대로 이해한 건지도 모르면서 고개를 끄덕였다.

"이해는 다 못했어. 하지만 조사는 계속할 거야."

내가 대답하자 잔은 식탁에서 일어나 내게 몸을 바짝 대더니 귀에 대고 속삭였다.

"내가 폴린한테 분명히 말했어."

"뭘?"

"오빠는 끝까지 포기하지 않을 거라고."

나는 깜짝 놀라 잔을 바라봤다. 이렇게 어린아이가! 또 말하는데, 우리 대화엔 정말 말도 안 되는 점이 있다. '귀신이 들렸다가' 빠져나가고 나면 잔은 다시 잔으로 돌아왔다. 하지만 잔이 가끔 어른처럼 성숙할 때가 있는 것도 사실이다. 잔은 자기 자리로 돌아가 마들렌을 집어 핫초코에 담그기 시작했다. 그리고 얼마 뒤 아무렇지도 않게 물었다.

"오빠, 다락방에 갈 거야?"

"그럴 계획이야."

곱슬한 금발로 둘러싸인 잔의 얼굴이 아기 천사처럼 활짝 웃었다.

"좋아."

그래, 좋다.

나는 아침 일찍부터 다락방을 뒤지기 시작했다. 그러면서 분리 수거도 했다. 다락방을 청소하겠다는 핑계를 대니 새엄마는 무척 고마워했다. 나는 커다란 쓰레기봉투를 들고 몇 년 동안 쌓여 있던 온갖 잡동사니를 주워 담기 시작했다. 이 다락방이 '가정부의 방'이었던 시절은 지났다. 이곳에는 처분하기 애매한 물건만 남아 있었다. 예를 들면 쓰레기통에 버리기 귀찮은 물건이나 "이건 분명 쓸 데가 있을 거야"라며 쌓아 놓은 물건이다. 정신과 의사들은 이런 증상이 심해지면 '저장 강박증'이라고 부른다. 아가트 이모도 그런 증상을 몇 개 보인다. 아마 외할머니에게서 물려받은 버릇 같다. 나는 외할머니를 알지 못한다. 알프 뒤에즈에서 스키를 타다가 눈사태가 일어나 젊은 나이에 돌아가셨다. 휴가지에서 황당하게 세상을 떠나는 건 가족의 저주인가? 아가트 이모는 "난 버릴 줄 모르는 사람이야"라고 자주 말한다. 볼리바르가에서 이삿짐을 쌀 때 그런 말을 하는 걸 들었다. 이모는 새엄마가 '언젠가 쓸 수도 있을' 물건들을 버리는 능력에 무척 놀랐다. 프라셰 부부도 저장 강박증이 있었던 모양이다.

나는 커다란 다락방에서 땀을 비 오듯 흘리며 수많은 쓰레기 봉투를 채웠다. 그리고 마침내, 잡동사니 무더기 속에서 사진 앨범들을 찾았다. 그중 하나가 관심을 끌었다. 표지에 '소나무집, 1987년 봄/여름'이라고 적혀 있었기 때문이다. 나는 초록색 가죽 표지를 댄 큰 앨범을 서둘러 펼쳤다. 무엇보다도 얼른 폴린 사진을 보고 싶었다.

첫 몇 장에는 눈부신 여름 햇살 속 우리 집 사진, 무성한 몬스터 플랜트 사진, 주홍색 태양 사진, 단두대 창문 사진이 있었다. 앨범을 계속 넘겨 보니 사람, 동물, 풍경 등 여러 사진이 나왔다. 사진 밑에는 손으로 정성 들여 쓴 설명이 있었다. 우아한 필체를 보니 아마도 프라셰 부인이 쓴 것 같았다. 그러다가 결국 내가 찾고 싶던 사진들이 나왔다. 그중 몇 장에 설명이 달려 있었다. '베아트리

스, 샤를, 아르노, 솔랑주, 폴린 / 1987년 6월 28일.'

그날 찍은 사진이 꽤 됐다. 누군가의 생일파티를 한 모양이었다. 페이지를 더 넘겨 보니 샤를 프라셰의 생일파티라는 걸 알 수 있었다.

프라셰 부인은 별다른 매력이 없는 40대 여자였다. 예쁘지도 못생기지도 않았고 우아할 뿐이었다. 반대로 샤를 프라셰는 멋진 남자였다. 운동선수 같은 몸매와 내 허벅지만큼 굵은 팔을 가지고 있었다. 아르노는 힘이 좀 세 보였지만 착하게 생긴 아이였다. 볼이 통통하고 명랑해 보였다. 폴린의 엄마인 솔랑주는 아주 예쁘고 젊은 여자였다. 갈색 머리에 날씬했는데 어떤 사진에서도 웃는 얼굴을 볼 수 없었다.

그리고 폴린이 있었다.

폴린의 이야기를 들으며 상상했던 모습과는 아주 달랐다. 하지만 놀란 것도 잠시, 폴린의 외모와 목소리를 맞춰 보니 그야말로 현기증이 날 정도였다.

폴린은 키가 작았다. 열다섯 살이나 됐지만 사진에 있는 다른 사람들보다 훨씬 작았다. 피부는 까무잡잡하고 짧은 곱슬머리는 새까매서 혼혈이라고 생각될 정도였다. 눈동자도 까맣고 꼭 동남아에 사는 안경원숭이처럼 눈이 커다랬다. 간단히 말해서 폴린은 눈, 코, 입이 다였다. 다른 건 보이지 않았다. 아주 큰 눈, 오똑한 코, 작은 얼굴에 비해 너무 크다고 느껴질 정도로 도톰한 입술. 외모가 아주 기이해서 정말 환상적이었다. 폴린은 영화나 꿈에 나올 법한 외계인을 닮았다.

유령은 외계인이었다. 멜빵바지를 입은.

나는 사진을 보호하는 투명 필름을 살짝 들치고 폴린의 친구 장—필리프가 별명으로 불렀다는 '선샤인'이 가장 선명하게 나온 사진을 꺼내 반바지 뒷주머니에 넣었다.

쓰레기봉투들에 둘러싸여 홀린 사람처럼 멍하니 앉아 있는데 사다리 위로 얼굴 하나가 떠올랐다. 우체국 조끼를 입은 릴리 누나였다.

"그새 나는 잊어버린 거니?"

누나는 농담으로 한 말이었지만 그건 사실이었다. 깜빡 잊고 있던 누나가 갑자기 나타나는 바람에 나는 깜짝 놀라 심장마비에 걸릴 뻔했다. 나는 정신을 차리고 자리에서 일어났다.

"아, 미안. 시간 가는 줄 몰랐어."

"신선한 무화과도 있고 사람들한테 맛있는 염소젖 치즈도 받았어. 그런데 날이 너무 더워서 네가 싫으면……."

나는 두 팔을 벌리고 제자리에서 한 바퀴 빙그르르 돌았다. 아마 보기에 처량할 정도로 형편없는 회전이었을 것이다.

"5분만 기다려 줄래? 티셔츠 좀 갈아입게."

"당연하지. 치즈 고린내 같은 냄새가 여기까지 난다. 밖에서 기다릴게."

나는 웃었고 누나는 사라졌다.

그런데 몇 초 뒤에 누나의 얼굴이 다시 나타났다.

"수영복 입어."

우리는 지난번 장소와 아주 가까운 곳으로 갔다. 언덕에서 조금 더 높은 곳이었고 강의 수심이 더 깊은 곳이었다. 아주 멋진 장소였다. 조용하고, 그늘지고, 평화로웠다. 자동차로도 갈 수 있긴 하지만 워낙 풀이 많아서, 관광객이라면 발을 들이지 않을 작은 오솔길을 통해서도 갈 수 있었다.

릴리 누나는 체크무늬 담요를 깔고 노란 트럭 뒤로 사라졌다가 흰 물방울무늬가 새겨진 수영복에 청보라색 반바지를 입고 나왔다.

갓 구운 빵, 치즈, 레드 와인, 무화과, 그리고 무엇보다 수북이 담아 온 산딸기! 나는 황홀해서 숨을 크게 내뱉었다.

"아, 너 산딸기 좋아하는구나."

누나는 재미있다는 듯 말했다.

"응. 파리에 살 때는 부모님에게 떼를 써야 사 주셨어. 한 통에 몇 개 안 들었는데 5유로나 한다니까. 평생 이렇게 많은 산딸기는 처음 봐."

내 말에 누나가 웃었다.

"그렇겠지. 나도 지금까지 에펠탑 못 봤어."

"그거 별거 아니야. 파리에는 에펠탑보다 더 멋진 장소가 많아."

"예를 들면?"

"몽마르트르 언덕도 좋고, 뷔트-쇼몽 공원도 좋지. 참, 포르트 도레 수족관도 있다. 바스티유 광장은 시위가 있는 날에 가볼 만해."

누나는 와인을 따르고 손으로 빵을 대충 뜯어서 담요 위에다 올려놓았다. 우리는 맛있게 음식을 먹었다. 누나에게서 눈을 떼기가 힘들었지만 누나가 알아차릴까 봐 최대한 조심했다. 물론 실패했지만.

"말로, 너도 알겠지만 누나는 남자친구 있어."

나는 음식을 잘못 삼켜서 캑캑 기침을 했다. 누나가 내 등을 두들기며 배꼽이 빠지게 웃었다. 사레가 가라앉자 나도 웃으며 솔직히 말했다.

"나 열여덟 살 아니야. 열여섯 살밖에 안 됐어."

우리는 둘 다 또다시 배꼽을 잡으며 웃었다.

"그럴지도 모른다고 생각했어. 나이에 비하면 키가 큰 편이지만."

누나는 대화 주제를 바꾸려고 나를 놀렸다. 누나의 호의가 느껴져서 나는 행복할 지경이었다.

"네가 엉뚱한 생각 안 하는지 확인하고 싶었어. 너랑 노는 게 좋거든. 너는 아주…… 흥미로운 애 같아."

"그래?"

"응. 이곳에 사는 아이들 같지 않아. 약간 어른스럽다고 해야 하나? 머릿속에 질문이 가득한 이상한 남자애."

내가 대꾸하지 않자 누나가 입을 삐죽 내밀며 말했다.

"미안, 화날 만했지?"

나는 어깨를 으쓱했다.

"화내기에는 내가 너무 바빠."

"왜?"

나는 우리가 지난번에 대화를 나눈 뒤, 그리고 잔에게 얘기를 들은 뒤 알아낸 것을 누나에게 말했다. 샤토에서 녹음된 폴린의 테이프, 다락방에서 찾은 사진에 대한 이야기들 말이다. 바지 뒷주머니에 있는 사진도 보여 주었다. 누나는 사진을 보며 고개를 끄덕였다.

"폴린이 어떻게 생겼는지는 나도 알아. 아빠가 신문 기사 오려 둔 게 있거든. 폴린을 찾는다는 전단지도. 참 묘한 아이야."

"인터넷에서도 폴린 사건에 관한 건 아무것도 못 찾았어. 누나가 말했던 1988년 홍수 영상은 끔찍하더라."

"그래, 끔찍했지. 그때 아빠는 소방대에서 자원봉사를 했어. 물에 잠긴 차에서 할머니를 구해 냈지. '폴린 사건'으로 검색이 안 되는 건 당연해. 나는 제대로 찾아본 적이 없지만 30년이나 지난 미해결 사건이니까. 오히려 경찰의 사건 기록을 찾아보는 게 어떨까? 거기에서 더 많은 정보를 얻을 것 같지는 않지만."

누나는 와인 한 모금을 마시고 치즈를 베어 물었다. 뭔가 말하고 싶은데 망설이는 모습이었다. 나는 누나에게 그냥 말하라는 눈빛을 보냈다.

"뭔데?"

"그 테이프 말이야……. 진짜 신기해. 수사관들이 그때 찾았더라면 어땠을까?"

"어땠을 것 같은데?"

"아빠가 내용을 들어 보고 싶어 할 거야. 너도 아빠랑 얘기해 보면 좋을 것 같고."

나는 고개를 끄덕였다. 나도 그러고 싶었지만 물어볼 용기가 나지 않았다. 누나는 한숨을 쉬었다.

"한 가지 걱정은 괜한 문제를 키우는 게 아닐까 하는 거야. 요즘 아빠는 건강도 좋고 집에서도 문제가 없거든. 장사도 잘되고. 그런데 이 사건에 워낙 오래 매달렸어서, 과거 일을 다시 불러오는 게 잘하는 짓인지 모르겠어."

누나의 걱정은 이해할 수 있다. 나는 대화 주제를 바꾸기로 했다.

"그런데 누나 남자친구는 누구야? 지난번에 본 남자는…… 누나 아빠였잖아."

누나는 잠시 무슨 소린가 생각하더니 깔깔거리고 웃었다.

"상상력 하나는 정말 끝내주는구나! 내 남자친구, 우체국에서 만났잖아. 너 봤다고 하던데?"

카브리에르 마을에 딱 한 번 갔을 때 우체국에서 만난 사람은 몇

없었다. 누나의 남자가 바로 나를 구해 준 로커였다는 걸 금세 알
아차릴 수 있었다. 누나가 누굴 사귄다니 실망이었지만 티를 내지
는 않았다.

"좋은 사람 같더라."

"맞아. 그리고 나도 알아. 나한테는 좀 나이가 많은 상대지. 하지
만 우리 아빠를 내 남자친구라고 생각했다니 안심해도 되겠는걸!"

나는 누나를 보고 웃었다.

"그건 그렇고 내 남자친구가 너한테 도움이 될 것 같아. 요양원
에서 일하는 간호사거든."

"프라셰 씨가 거기 있어?"

누나는 고개를 끄덕였다.

"부인이 죽은 뒤로 거기서 지내고 있어. 그 테이프에 무슨 내용
이 있는지 모르겠지만 프라셰 씨의 치매 증상이 그렇게 심하지는
않은 것 같아. 사건 기록보다는 아는 게 더 많지 않을까?"

누나는 이 말을 끝으로 자리에서 일어났다. 그러더니 반바지를
벗고 수영복 차림으로 강물에 뛰어들었다. 물이 너무 차가웠는지
누나가 비명을 질렀다. 나는 반바지와 티셔츠를 벗고 강물에 들어
갔다. 나도 비명을 질렀다.

폴린이 했던 말이 생각난다. "친구 사이."

2017년 7월 31일 월요일

저녁 6시 7분
맑음

토요일에 소풍을 마치고 누나가 나를 집까지 데려다줬다. 그때 한참 망설이다가 폴린의 테이프를 누나에게 건넸다. 그리고 얼마 뒤에 누나 전화를 받았다. 누나는 약간 흥분한 상태였다.

"아빠가 이걸 안 들었으면 좋겠어. 아직은 때가 아니야. 하지만 네가 하는 조사는 같이 하고 싶어."

우리는 약속했던 대로 오후 2시 반에 요양원 앞에서 만났다. 누나는 로커 남자친구와 함께 나왔다.

로커의 이름은 제롬이었다. 흰 가운을 입으니 지난번과는 아주 달라 보였다. 거의 '의사 선생님'이라고 부를 뻔했다. 사람은 외모로 판단하면 안 된다지만 조금은 그렇게 되는 것 같다.

"프라셰 씨에게 너희 둘이 만나러 온다고 말해 뒀어. 말로, 네가 프라셰 씨의 옛집에서 살아서 만나고 싶어 한다고 말했어. 제대로 이해하셨는지는 모르겠지만. 아무튼 만나 보는 게 문제가 될 리는 없으니까. 찾아오는 사람이 아무도 없거든. 아들조차도. 하지만 무슨 질문을 하든 너무 공격적으로 하지는 마. 심장이 약한 노인네니까."

나는 대답 대신 고개를 끄덕였다. 제롬이 말을 이었다.

"릴리랑 너만 남겨 둘게. 릴리는 이 세상에서 가장 마음을 잘 읽는 사람이니까. 이건 딴소린데, 릴리한테 공부 다시 하라고 설득 좀 해 봐."

제롬이 내게 윙크를 했다. 릴리 누나가 제롬을 찰싹 때리는 시늉을 해서 웃음이 났다. 우리 셋은 요양원 건물로 들어섰다. 제롬은 일하러 갔고 누나와 나는 2층으로 올라갔다.

202호. 거꾸로 해도 202호. 내가 그렇게 말하자 누나는 무슨 소리인지 모르는 눈치였다. 나는 굳이 누나에게 설명하지 않았다. 누나는 꼭 폴 같다. 아주 똑똑하지만, 나와는 다르게 똑똑하다.

방에 들어서자마자 나는 사진 속에서 봤던 남자를 금세 알아보았다. 프라셰 씨는 여든 살 가까이 되었지만 주름살은 깊게 파여도 멋은 변하지 않는 배우들처럼 여전히 미남이었다. 그는 창가 소파에 앉아 있었다. 무릎에는 『모비 딕』을 펼쳐 놓은 채로 생각에 잠겨 있었다. 나는 목을 가다듬고 말했다.

"안녕하세요."

프라셰 씨는 눈을 들어 우리 쪽을 쳐다봤다. 하지만 그의 눈빛은 허공을 응시했다. 마치 우리 몸을 통과하는 것 같았다.

"아, 왔군요."

프라셰 씨는 정말로 우리를 기다리고 있었다. 나는 내 소개를 한 다음 릴리 누나를 소개했다. 그는 우리에게 침대에 앉으라고 명령—완전히 명령조였다—했다. 우리는 명령에 따랐다. 프라셰 씨는 우리를 차례차례 스캔하듯이 한참 살펴보았다. 하지만 우리와 눈을 마주치지는 않았다.

"폴린 때문에 왔죠?"

그가 묻는데 등골이 오싹했다—정말 습관이 되려나 보다. 누나도 나도 대답하지 않고 그냥 기다렸다. 프라셰 씨가 한숨을 쉬었다.

"나는 살날이 얼마 남지 않았어요. 아, 벌써 장례식장에 온 표정은 짓지 말아요. 나는 지금이 좋으니까. 살 만큼 살았어요. 여러분도 알게 될 거예요. 하지만 그걸 가슴에 묻고 떠나고 싶지는 않아요."

개미 소리 하나 들리지 않았다. 프라셰 씨가 알 수 없는 형태로 202호를 가로질러 날아가는 모습이 머릿속에 그려졌다. 그 모습은 요정 같기도, 한편으로는 무섭기도 했다. 그는 작은 목소리로 말했다.

"참 오래된 일이에요. 나도 그만큼 늙었고요. 이제는 내가 지어낸 얘기인가 싶기도 해요. 언젠가 봤던 영화나 읽었던 책 이야기인 것 같기도 하고요. 늙으면 이렇게 된답니다. 늘 힘이 없고 자꾸 잊어버려요. 진짜였는지 아니었는지 구분이 안 돼요. 언젠가 이게 무슨 얘기인지 알게 될 거예요."

프라셰 씨는 창문 쪽으로 몸을 돌렸다. 누나와 나는 흥분하면서도 불편해하며 눈길을 주고받았다. 프라셰 씨가 원하는 속도로 말할 수 있도록 말을 끊으면 안 된다는 걸 우리 둘 다 느꼈다.

"제가 가슴에 묻고 떠나고 싶지 않다고 했죠? 그런데 사실은 가슴이 아니에요. 그건 그냥 표현일 뿐이죠. 진실은 배 속에 있어요. 어깨에도 있고, 등에도 있지요. 온몸에 있어요. 30년 동안 이 몸의 근육, 뼈, 세포 하나하나에 그게 새겨져 있었어요. 폴린이요. 폴린은 사방에 있어요. 내 암이죠. 온몸에 퍼졌어요. 진짜 암이 있는 것도 아닌데 말이에요. 인생은 정말 희한한 질병이에요."

침묵이 흘렀다.

릴리 누나가 내 손을 꽉 잡았다.

"나는 죽을 거예요. 죽을 때 그 무게를 덜고 갔으면 좋겠어요. 하지만 아르노는……. 열네 살엔 누구나 실수를 하지요. 어린아이일 뿐이잖아요, 열네 살이면. 그리고 그건 내 잘못이었어요. 내가 없었다면 아무 일도 일어나지 않았을 거예요. 아무 일도……."

프라셰 씨가 휙 돌아섰다. 여전히 우리를 보지 않고 천장 한구석을 응시했다. 방 어딘가에 숨어 있는 천사라도 보는 것 같았다.

"아르노와 나는 실수에 실수를 거듭했어요. 제대로 된 실수요."

프라셰 씨가 누구를 보고 말하는지 알 수 없었다. 우리한테 말하는 것인지, 아니면 방 안을 날아다니는 보이지 않는 존재에게 말하는 것인지. 그는 잠시 말을 멈추더니 우리를 돌아보았다.

"수학 좋아해요?"

누나와 나는 약속이라도 한 듯이 고개를 저었다.

"나도 좋아하지 않아요. 수학은 좋아해 본 적이 없지요. 숫자와 관련된 건 모두 아내가 맡아서 처리해요. 나는, 숫자라면……. 아, 폴린도 수학을 좋아해요. 아르노를 도와주기도 하죠. 착한 애예요."

프라셰 씨가 갑자기 현재형으로 말하기 시작했다. 부인이 죽었다는 걸 완전히 잊어버린 걸까!

그는 다시 바깥을 내다보았다. 창밖 하늘에 풀리지 않는 방정식이라도 적혀 있는 것처럼 말이다. 그러더니 갑자기 어린아이 같은 얼굴로 표정이 바뀌어 누나를 뚫어져라 바라봤다.

"혹시 우리 만난 적 있나요?"

"고등학생 때 피자 배달한 적 있어요."

"아, 그렇군요. 피자 배달하던 학생! 아내가 무척 좋아했어요."

이상하게도 프라셰 씨가 우리 때문에 마음의 안정을 찾는 것 같았다. 오래전부터 그를 괴롭히던 비밀을 드디어 털어놓을 수 있었기 때문일까?

"그건 정말 아르노의 잘못이 아니에요. 어떻게 알 수 있었겠어요? 성경에서만 미래를 내다볼 수 있죠. 대홍수는 예측하지 못했지만……. 내 아들이 실수를 했어요. 심각한 실수, 돌이킬 수 없는 실수요……. 하지만 어떻게 미리 알 수 있었겠어요? 어떻게요? 그런 짓을 해서는 안 됐지만 아르노는 그저 내 편을 들고 싶었던 거예요. 나를 보호하려고……. 알겠죠?"

프라셰 씨의 눈에 눈물이 가득 고였다.

"나는 변명의 여지가 없어요. 전혀요. 그건 내 잘못이에요. 모든 게, 모든 게 내 잘못이에요."

프라셰 씨가 몸을 떨었다. 목소리가 갈라졌다. 릴리 누나가 이제 그만 나가자는 몸짓을 했다. 방을 나서기 직전에, 나는 참지 못하고 물었다.

"프라셰 씨, 폴린이 어디 있는지 아시나요?"

프라셰 씨는 나를 돌아보더니 처음으로 내 눈을 똑바로 바라봤다. 그의 눈은 날카롭고 무서웠다. 피가 터져 붉어진 광인의 눈이었다. 그는 갑자기 다른 목소리로 말했다.

"샤토에 있지."

단호하고 사포처럼 걸걸한 목소리였다. 폴린은 샤토를 좋아했다.

프라셰 씨는 눈살을 찌푸렸다. 그러더니 아까와 완전히 다른 태도를 취했다. 내면에 여러 사람이 있는 것 같았다. 그는 다시 기억을 잃은 쇠약한 노인이 되었다.

"아가씨, 혹시 우리 만난 적 있나요?"

릴리 누나는 참을성 있게 똑같은 대답을 반복했다.

"피자 배달을 했었어요."

프라셰 씨의 얼굴이 환해졌다.

"아, 맞아요. 아내가 당신을 무척 좋아했어요. 예쁘고 예의 바르다고요. 경찰의 딸이니 당연한 일이지요. 아버지가 훌륭한 분이에요. 언젠가 기회가 되면 나를 보러 들러 주면 좋겠어요."

누나가 상냥하게 웃었다.

"꼭 전할게요. 만나 주셔서 감사합니다."

누나는 내 팔을 붙잡고 나를 밖으로 끌고 나왔다. 누나가 옳았다. 프라셰 씨는 사람과 시간을 혼동한다. 아무리 간통죄를 지었지만 머릿속이 어지러운 노인네를 더 고문하고 싶지는 않았다. 하지만 202호에서 나오면서, 질문을 던지지 않을 수 없었다.

"누나, 정말 이 테이프 아빠한테 들려주지 않을 거야?"

"지금은 아무것도 모르겠어. 당장은 담배 생각밖에 안 난다."

2017년 8월 2일 수요일

시계 잃어버림
맑음

요양원에 들어서면서 나는 황당한 생각을 했다. 페이스북에서 아르노 프라셰를 찾아보는 것.

40대는 페이스북을 쓴다. 내 세대는 인스타그램이나 스냅챗을 주로 쓰지만 나이 든 사람들은 모두 페이스북에 있다. 아빠, 이모, 새엄마……

나도 페이스북 계정이 있지만(Loma75) 거의 쓰지 않는다. 주로 선생님들 계정을 몰래 볼 때만 쓴다. 그게 꽤 재미있다.

아르노라는 이름을 가진 계정은 많았지만 프로필과 사진을 비교해 보고 쉽게 찾을 수 있었다. 그가 파리에 산다고 하니 이미 경우의 수가 많이 줄어들었고, 30년이 지났어도 그는 여전히 볼이 통통했다. 수염이 났고 더 근엄해지긴 했지만. 눈이 서글퍼 보이기도 했다.

나는 비공개 메시지를 보냈다.

'나는 폴린에게 일어난 일을 알고 있다.'

그리고 기다리는 중이다.

물론 나는 폴린에게 무슨 일이 생겼는지 모른다. 하지만 프라셰씨의 이상한 고백을 들은 뒤, 폴린이 죽었다고 확신했다. 그리고 분명, 프라셰 가족은 폴린의 죽음과 무관하지 않다.

정확히 무슨 일이 일어났던 걸까?

누가 무슨 짓을 벌인 걸까?

'여자-남자'의 입을 다물게 하고 싶었던 사람은 누구일까?

어제저녁에 나는 폴에게 전화를 걸어서 지금까지 벌어진 일을 빠짐없이 털어놓았다. 폴은 코르시카섬에서 돌아온 지 얼마 되지 않았는데 또 짐을 싸서 이번에는 브르타뉴 지방 어딘가에 간다고 했다. 우리는 두 시간 가까이 떠들었다. 그렇게 오래 통화를 한 건 처음이었다. 마치 책처럼 우리의 전화 통화도 여러 장으로 나뉘었다. 서론은 "안녕? 잘 지냈니? 응. 너는?"으로 요약할 수 있겠다. 본론은 "날 미친놈이라고 생각해도 좋아. 이 집은 귀신에 씌었어"로 시작했다. 이에 대한 자연스러운 반응이 나왔다. "말로, 내가 피니스테르에 갈 일이 있으면 너 보러 갈게. 아니면 네가 날 보러 와도 좋고. 너 정상이 아닌 것 같아." 그런 다음에는 디테일 하나 빼먹지 않고 사실을 기술했다. 이어서 반전. 바로 폴린의 테이프를 들려준 부분이다. 폴은 내 말을 믿지 않았지만 그래도 약간 혼란스러워했다. 마지막 결론 부분에서는 폴에게 마야 신전의 영상과 잔이 그린 그림 사진, 1987년 6월에 찍은 폴린의 사진을 보냈다. "진짜 이상하네⋯⋯." 그러더니 폴은 주제를 바꾸고 싶어 했다. 릴리 누나에 대해 묻길래 나는 짧게 대답했다. "남자친구 있어. 그리고 난 유령한테 반했어." 또 하나의 핵심적인 반전이었다.

"말로, 정말 이럴 거야? 유령은 없어. 너도 알고 나도 알고 세상 사람 모두가 알아. 영화에서나 재밌지, 너 때문에 무섭잖아."

"나도 알아. 그런데 영화에서 보면, 살아서 해결하지 못한 문제가 있는 사람이 유령이 되잖아. 평안하게 잠들지 못하니까. 그리고 나는 우리가 이해하지 못하는 것들이 존재한다고 믿기 시작했어. 이런 생각들이 하루아침에 생긴 게 아니야."

"무슨 말이야?"

"폴린은 공식적으로 실종됐어. 사실은 죽은 거야. 누군가 폴린을 살해했어. 확실해. 그리고 폴린이 사건의 진상을 밝히고 싶어하는 것 같아. 그러니까⋯⋯ 진실을 폭로하려는 거지. 정의가 실현되기를 바라는 거야. 알지?"

"너 돌았구나. 완전히 맛이 갔어. 네가 무슨 말을 하는지 알기나 하는 거야? 사람이 죽었으면 죽은 거지. 네 엄마가 왜 자동차에 그 남자랑 있었는지 너한테 설명해 주려고 나타난 적 있냐? 아니지? 아빠한테 미안하다고 사과하러 온 적은? 없지? 그때도 사건의 정황이 자연스럽지 않았는데? 미안, 내가 좀 심하게 말하고 있긴 한데, 그래도 무슨 말 하려는 건지 알지?"

"이건 달라."

"뭐가 다른데?"

"엄마가 죽은 건 누구나 다 알잖아. 이유도 알고. 누구랑 죽었는지도 알고. 우울하긴 하지. 하지만 사람들이 진실을 알잖아. 엄마는 몽파르나스에 묻혔고. 관 속에 엄마 시신도 있고 이름도 있잖아. 하지만 폴린에 대해서는 아무도 몰라. 시체도 없어."

영화 〈조스〉에서처럼, 전화기 너머로 긴 침묵이 흘렀다. 우리는 서로의 숨소리만 듣고 있었다. 조금 뒤에 폴이 웃음 반, 걱정 반 섞인 한숨을 쉬며 말했다.

"내가 더 미친놈인 줄 알았더니만!"

나도 모르게 웃음이 나왔다. 폴은 잠시 생각해 보더니 물었다.

"그 아들, 아르노라는 사람 말이야. 파리에 산다며? 내가 한번 만나 볼까?"

나는 폴의 제안에 놀랐다.

"만나서 무슨 말 하게?"

폴이 배트맨이나 심슨이 그려진 레몬색 맨투맨을 입고 어깨를 으쓱하는 모습이 머릿속에 그려졌다.

"모르지. 그럼 너처럼 페이스북이나 보고 있어? 나는 그놈 사무실에 찾아가서 살인자라고 소리칠 거야. 동료들이 지켜보는 앞에서 모욕을 주는 거지."

"그래, 잘났다. 그러고 나서 우리는 명예훼손으로 감옥에 가고?"

폴과 나는 법에 대해서 잘 모르지만 이 아이디어만큼은 좋지 않다는 걸 직감했다. 폴이 한숨을 쉬었다.

"그래서 누나는 뭔가 해 보겠대? 경찰 아빠랑?"

나도 머릿속에서 그 질문이 떠나지 않았는데, 답이 나오질 않았다.

"그럴걸. 하지만 시간을 줘야 할 거야."

"그럼 일단 숨 좀 돌려! 전직 경찰이라면 우리를 포함해서 그 누구보다 영향력이 있을 테니까."

"그렇지. 하지만 모든 게 너무 이상하니까."

"그렇겠지. 네 메시지를 받은 아르노의 표정을 생각해 봐. 좀 위로가 되지 않아? 뭔가 나쁜 짓을 했다면 아마 죽고 싶을걸?"

나는 속이 울렁거렸다.

"나 때문에 누가 죽는 건 싫은데……."

"너는 웃자고 한 얘기를 다큐로 받을 때가 있더라. 내 말은, 그 사람이 초조해할 거라고. 죽고 싶을 정도로. 이제 됐냐?"

나는 다시 웃으며 말했다.

"응, 좀 낫다."

"그럼 계속 알려 줘. 유령 생각은 그만 좀 하고. 진짜 으스스하니까."

2017년 8월 3일 목요일

오전 10시 33분 (휴대폰 시간으로)
맑음

어젯밤 페이스북으로 아르노 프라셰의 메시지를 받았다.

'당신 누구야?'

나는 사진에서 봤던 볼이 통통한 열네 살 남자아이를 상상해 왔다. 컴퓨터 앞에서 손톱을 깨물며 초조해할 어린아이를. 그건 내 착각이었다.

지금까지 그의 메시지에 답하지 않았다.

릴리 누나의 연락을 기다리는 중이다.

밤새 똑같은 악몽에 시달렸다. 땀에 흠뻑 젖어서 세 번이나 깼다. 가슴이 눌려 숨도 못 쉴 것 같았다. 1988년 홍수 영상이 폴린의 얼굴과 겹쳤다. 샹들리에의 수많은 장식 조각들에 비친 폴린의 표정이 기이하게 보였다. 그런데 샹들리에는 깨져 있지 않았다. 천장에 매달려 마야 신전을 밝히고 있었다. 빛이 강해서 눈이 부실 정도였다. 나는 도망치려 했지만 움직이지 못했다. 마치 발이 바닥에 붙은 것처럼 꼼짝할 수 없었다. 아무것도 보이지 않았지만 어디선가 두 사람의 목소리가 섞여서 들렸다. 릴리 누나와 폴린이 비명을 지르고 있었다. 겁을 잔뜩 집어먹은 목소리였다. "가까이 온다. 도망쳐! 폭풍우가 와!" 나는 두 사람을 구해 주고 싶었지만 도저히 움직일 수가 없었고 대답도 할 수 없었다. 마치 물속에 있는 것처럼 숨이 막혔고 목소리가 나오지 않았다. 세 번째 깼을 때는 다시 잠들지 않으려고 애썼다. 꿈속으로 돌아간다는 게 두려웠다. 곧 날이 밝을 테니 인스타그램이나 보면서 시간을 보내기로 했다. 폴은 코르시카섬에서 찍은 사진을 많이 올려 두었다. 온통 파란색으로 물든 사진들이었다. 친구 사라는 루아르강을 따라서 성 투어를 한 모양이었다. 샹보르, 슈베르니, 슈농소…… 그래서 거대한 정원에 둘러싸인 성과 크고 작은 탑 사진들의 연속이었다. 벤조는 '파리 최고의 햄버거 가게' 시리즈를 계속 이어 가고 있었다. 스모 선수 같은 몸매가 될지라도 기필코 최고의 햄버거를 모두 맛보겠다고 결심한 것 같았다.

화면을 내리며 다른 친구들이 지내는 모습을 보고 있자니 불안함도 잦아들었다. 이상하게도 친구들의 삶을 보며 내 삶도 되찾은 느낌이다. 바보 같은 셀카들, 익숙한 장소들, 파리 곳곳에서 볼 수 있는 낙서들, 휴양지의 멋진 풍경들……. 내게도 삶이 있었다. 나는 열여섯 살이고 원하면 친구들처럼 매력적인 사진을 포스팅할 수 있다. 몬스터플랜트, 반짝이는 강물, 그릴 위에서 지글지글 구워지는 양갈비 같은 '평범한' 사진들 말이다. 다만 내게는 할 일이 있다.

우리는 '평범한' 삶을 되찾을 수 없을 것이기 때문이다. 적어도 1987년 여름에 무슨 일이 있었는지 알아내기 전까지는 그렇다. 폴린이 이승과 저승 사이를 헤맨다면, 나도 계속 잠들지 못할 거다. 사람 머리가 벽을 뚫고 나올 것 같은 광경은 다시 보고 싶지 않다. 잔도 더 이상 잘 수 없을 거다. 머릿속에 들리는 유령 목소리, 베개 밑에 누군가 두고 간 물건들, 진흙으로 뒤덮인 이불……. 우리는 정신병원에 갇혀 구속복을 입지 않기 위해서 부모님에게 거짓말을 하고 아무렇지도 않은 척하는 데 모든 에너지를 쏟아부어야 할 것이다. 이렇게 된 지 한 달도 채 안 되었는데 나는 이미 힘이 다 빠진 것 같다. 그런데 이걸 몇 년이나 계속한다고?

방금 릴리 누나에게서 문자메시지가 왔다. '1시까지 르 모데른으로 올 수 있어?' 나는 '알았어'라고 답장했다.

아마 누나가 아빠에게 테이프를 들려준 모양이다. 그렇게 생각하니 흥분되기도 하면서 한편으로는 걱정도 되고 초조해졌다. 누나가 정확히 뭐라고 말했을까? 우리 집이 귀신에 씌었다고 말했을까? 잔의 그림에 대해서도 말했을까? 생각이 여기까지 미치자 괴로웠다. 사람들이 나를 정신병원에 가둬야 한다고 생각하지 않을까? 만약 이 얘기가 퍼진다면? 내가 미쳤다는 소문이 몇 주 뒤에 개학하고 만날 학교 친구들 귀에 들어간다면? 그런 상태에서 정상적으로 학교를 다닐 수 있을까? 이런 생각을 하면서 나는 카브리에르까지 자전거 페달을 밟았다. 이러다가 사이클 선수처럼 허벅지만 굵어지겠다!

사람들은 나를 보고 그러겠지. "말로는 미치광이 허벅지 왕자야."

내 인생은 망했다.

2017년 8월 3일 목요일

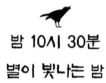

밤 10시 30분
별이 빛나는 밤

바 뒤쪽에 있는 방에서 릴리 누나의 아빠가 카세트의 '정지' 버튼을 눌렀다. 폴린의 중저음 목소리가 아직도 방 안에 남아 있었다. 우리 모두 테이프를 이미 들은 상태였지만 그 내용은 또 들어도 놀라웠다. 우리는 돌처럼 굳은 채로 한참 서로를 바라보았다. 결국 누나가 침묵을 깼다.

"그래서 아빠, 어떻게 생각해?"

"경찰에 알려야지."

"퇴마사도 구해야 되고요."

나는 괜히 관심도 끌고 싶고, 또 분위기도 풀어 보려고 끼어들었다. 누나가 내 옆구리를 쿡 찔렀고 누나 아빠는 나를 노려보았다. 나는 입술을 깨문 채 눈을 내리깔았다. 하지만 두 사람은 우리 집에 살지 않으니까 이러는 거지. 그리고 잘 모르는 모양인데, 유머는 절망의 순간에 갖춰야 할 덕목이다.

"테이프도 있고 프라셰 씨와 나눈 얘기도 있으니까 조사를 재개할 근거는 있어. 어쨌든 의문을 제기하는 게 좋지. 공소 시효는 지났더라도 말이야."

조지 클루니를 닮은 누나 아빠가 진지한 표정으로 말했다.

"공소 시효가 지났다고요?"

나는 눈썹을 찌푸리며 물었다.

"벌써 30년 전 사건이야. 법적으로는 어떻게 할 방법이 없어. 범인들이 살아 있다고 해도 기소할 수 없을 거야. 그렇다고 진실을 파헤치는 걸 멈출 수는 없지. 내가 장-필리프에게 연락할게."

장-필리프라는 이름에 나는 감전이라도 된 듯 펄쩍 뛰었다.

"장-필리프요?"

조지 클루니…… 아니, 베르네 씨가 고개를 끄덕였다.

"폴린의 어릴 적 친구가 지금은 님에서 경찰서장으로 일해. 내가 이 사건 때문에 옷을 벗었다는 건 릴리한테 들었지?"

이번에는 내가 고개를 끄덕였다. 그러면서 릴리 누나를 걱정 어린 눈으로 바라보았다.

"장-필리프는 반대 경우야. 폴린 때문에 경찰이 되었지. 말로, 그 사건은 마을 전체에 트라우마로 남았어."

"그렇군요……."

베르네 씨는 자리에서 일어나 우리를 무서운 표정으로 노려보았다.

"내가 알아서 한다. 알았지? 너희들은 내 허락 없이는 절대 더 나서면 안 돼. 지금도 너무 나갔어. 잘 알아들었어?"

누나와 나는 얌전히 고개를 끄덕였다.

얼마나 위엄이 있던지 아저씨가 경찰 일도 하고 소방대 자원봉사도 했다는 사실이 그리 놀랍지 않았다. 한편으로는 누나가 사춘기를 어떻게 보냈을까 싶기도 했다. 아저씨는 확실히 다정한 아빠는 아니다. 그런데 오늘은 바 카운터 뒤에서 누나네 엄마 베르네 부인을 처음으로 만났다. 키가 작고 얼굴에 웃음이 떠나지 않으며 재미있는 분이었다. 릴리 누나와 쌍둥이처럼 닮았다. 아마도 서로 반대되는 에너지가 만나 균형을 이루면서 오늘날의 누나가 만들어진 것이 아닌가 싶었다. 처량하게도 괜히 질투가 났다.

바를 나서는 누나와 나는 여러 감정이 교차했다. 요양원을 나왔을 때와 비슷했다. 괜한 짓을 했나 싶어서 아직 누나에게 페이스북 메시지 얘기는 하지 않았었다. 누나가 허공을 바라보며 담배에 불을 붙였다.

"누나, 할 말이 있는데."

내가 하지 말아야 할 짓을 했다고 얘기하자 누나는 어깨만 한 번 으쓱했다.

"똑똑한 짓은 아니지만 이미 저지른 일인걸, 뭐."

"누나 아빠가 날 죽이려 들 텐데……."

내 말에 누나가 낄낄거렸다.

"아빠는 누굴 죽일 사람이 아니야. 최악의 경우 경찰서에 가서 혼 좀 나겠지. 하지만 네 덕분에 테이프를 손에 넣은 거잖아? 그러니까 스트레스받지 마."

"나를 심문하면? 내가 어떻게 테이프를 찾았는지 물어보면 어떡하지? 유령이 가르쳐 줬다고 할 수는 없잖아!"

"내가 말했잖아. 여기 애들이 오래전부터 샤토를 아지트로 생각했다고. 너도 그 애들처럼 호기심이 많았던 것뿐이야."

"그렇게 말하면 될까? 우연히 발견했다고?"

"나는 아빠한테 그렇게 말했거든. 다른 방법이 없잖아. 그럼 네 동생 그림이나 너희들이 꾸는 이상한 꿈 얘기할 거야?"

물론 아니다. 정신병원에 갇히고 싶지는 않으니까. 내 걱정을 소리 내서 말하지도 않았는데 너무 열심히 생각한 덕분인지 릴리 누나가 답을 주었다.

"그러니까, 너는 원래 호기심 많은 앤데 파리에서 여기로 이사 오고 너무 심심했던 거야. 그럴 듯하지 않아?"

나는 웃으며 대꾸했다.

"맞아."

우리는 우체국 담벼락에 얌전히 기대어 놓은 내 자전거까지 걸어갔다. 누나는 내 어깨를 툭툭 치며 말했다.

"집에 가서 마음을 편하게 먹으려고 해 봐. 더 알아내는 게 있으면 연락할게. 알았지?"

달리 뾰족한 수가 없었던 나는 고개를 끄덕였다. 자전거에 타려고 하는데, 누나가 자기 가방을 뒤지며 다시 돌아왔다.

"잠깐! 잊어버릴 뻔했다."

누나는 내 손목시계를 내밀었다.

"이거 제롬이 주더라. 네가 202호에 흘리고 온 모양이야."

나는 터키색 스와치 시계를 들여다보았다. 폴이 선물로 준 거라 아주 좋아하는 시계다. 그런데 내가 프라셰 씨 방에다 이걸 흘리고 나왔다고? 정말 정신이 없었나 보다. 나는 심란한 마음으로 손목시계를 찼다.

"고맙다고 전해 줘요."

"알았어. 또 보자."

그제야 나는 시계가 3시에서 멈췄다는 걸 깨달았다. 흔들어 보았지만 시곗바늘은 꼼짝하지 않았다.

스트레스가 극에 달해 소나무집까지 빠르게 페달을 밟았다. 집에 가고 싶어서가 아니라 뭔가로 스트레스를 풀어야 했기 때문이다. 그게 자전거였다. 집에 도착했을 때는 바퀴에서 연기가 나는 것 같았다.

땀에 흠뻑 젖은 나는 피곤한 몸을 이끌고 자전거를 철문에 기대어 놓았다. 부모님을 상대할 기운도, 아무 문제가 없는 사춘기 소년 노릇을 할 기운도, 실실 웃고 다닐 기운도 없었다. 머릿속에서 대답 없는 질문들이 윙윙거렸다. 누군가에게 말하고 싶었지만 몬스터플랜트들 말고는 말할 상대가 없었다. 친구들은 모두 바닷가 같은 데로 여행을 가 있다. 절망적인 상황이었다.

나는 바닥에 주저앉아 폴에게 문자메시지를 보냈다.

'릴리 누나의 아버지가 경찰을 만날 거야. 무서워 죽겠다.'

아직까지 폴의 답장을 기다리는 중이다. 브르타뉴는 휴대폰이 잘 안 터지나? 그리고 손목시계 건전지를 갈았다. 시계는 다시 똑딱똑딱 돌아가기 시작했지만 시계가 고장 난 건 왠지 폴린 때문이라는 생각이 가시지 않는다.

2017년 8월 5일 토요일

오전 8시 10분
흐림

간밤에 진동이 다시 시작되었다.

다른 때와 마찬가지로 새벽 3시였다. 나는 깨어 있었다. 잠이 오지 않았다. 기껏해야 꾸벅꾸벅 조는 정도였다. 나는 악몽과 현실을 잘 구분하지 못하면서 두 세계를 오가고 있다.

나는 머리맡의 전등을 켰다.

자리에서 일어나 벽을 마주 보고 섰다. 벽은 또다시 혼자만의 공연을 하고 있었다. 나는 약간 몸을 떨며 속삭였다.

"폴린……."

벌레 울음소리 같은 소음과 함께 벽이 움직였다. 심장이 더 빨리 뛰었다. 곧 폭발할 원자로 같았다.

"폴린, 나는 최선을 다했어. 진짜야. 잔이 다 얘기해 줬어. 그리고 난 할 수 있는 모든 걸 다 했다고."

그러자 폴린의 얼굴이 나타났다. 눈, 코, 입까지 얼굴 전체가 보였다. 폴린임을 알아볼 수밖에 없었다.

그런데 내가 볼 수 없는 사각지대에 누군가가 있는 것 같았다. 그건 폴린이 아니었다. 고개를 돌리자 흰 잠옷을 입은 잔이 보였다. 잔은 애착 인형을 안고 문간에 서 있었다. 잔도 폴린이 나타나는 모습을 보았다. 폴린의 몸 전체가 벽에 나타나 우리 앞에 서 있었다. 손을 앞으로 내밀고 입을 벌린 모습이 마치 도와달라고 외치는 것 같았다. 벽에서 벗어나고 싶지만 돌, 시멘트, 낡은 양탄자, 새 페인트에 갇혀 나오지 못하는 것 같았다.

잔과 나는 서로 눈이 마주쳤다. 그 순간 갑자기 두려움이 사라졌다.

눈앞에 벌어진 광경이 무서웠지만 잔은 천천히 내 방으로 들어섰다. 그리고 그 작고 따뜻한 몸을 내 몸에 찰싹 붙였다. 나는 폴린을 돌아보며 더 차분한 목소리로 말했다.

"우리가 더 알아볼 거야. 약속할게."

그러자 이상한 김 빠지는 소리가 나며 폴린이 점점 작아지기 시작했다. 손, 팔, 그리고 얼굴이 점점 작아지더니 완전히 사라졌다.

그리고 사방은 다시 조용해졌다.

잔과 나는 잠시 가만히 서 있었다. 조금 뒤에 내가 몸을 떼고 무릎을 꿇은 다음 잔을 바라보며 말했다.

"아가야, 괜찮아?"

잔이 고개를 끄덕였다.

"졸려."

"그럼 네 방으로 가서 잘까?"

"응."

잔을 방에 데려가서 침대에 눕히면서 벽을 힐끗 쳐다보았다. 아무런 이상도 없이 멀쩡했다. 분홍색 나비들마저 잠든 모습이었다. 우리 둘이 같이 미친 걸까? 집단 환각? 나는 잔에게 웃으며 물었다.

"오빠가 같이 자 줄까?"

"응."

나는 잔 옆에 누웠다. 잔의 차분하고 규칙적인 심장박동 소리가 들렸다.

"오빠."

"왜?"

"오빠네 엄마도 저렇게 갇혀 있어?"

나는 깜짝 놀라 아무 말도 못 했다. 내 친엄마가 하늘나라에 갔다는 걸 잔도 알지만 이 얘기는 지금까지 한 번도 꺼낸 적이 없었다. 적어도 이렇게 직설적으로는 말한 적은 없다. 잔의 묘한 질문을 소화하기까지 시간이 필요했다. 그 질문은 폴과 마지막으로 나눴던 대화를 상기시켰다. 나는 겨우 입을 떼고 말했다.

"아니. 내 생각에는 엄마가 휙 하고 금방 떠난 것 같아. 지금은 영원히 잠들어 있고."

"그런데 폴린은 왜 갇혀 있어? 그리고 왜 영원히 잠들지 못했어?"

"모르겠어. 자기 엄마한테 자기가 어디 있는지 알려 주려는 게 아닐까? 장례식도 제대로 치러 주길 바라는 거고. 그래야 잠들 수 있으니까. 그런 것 같아."

잔이 한숨을 쉬었다.

"우리가 폴린을 풀어 줬으면 좋겠어."

나는 웃으며 대꾸했다.

"나도 그러면 좋겠어. 아무튼 오빠가 최선을 다할게."

잔은 내 말에 안심이 되었는지 금세 잠들었다. 나는 살아 있는 작은 보온병 같은 잔 옆에 계속 누워 있었다. 후덥지근했지만 말이다.

그리고 햇살이 내리쬐는 잔의 방에서 깨어났다. 이렇게 푹 잔 건 며칠 만에 처음이었다.

2017년 8월 7일 월요일

오전 11시 16분
맑음

더는 할 말이 없어서, 나는 입을 다물고 있기로 했다. '치매 걸린 노인을 불법 조사한 페이스북 협박범'으로 감옥에 가기 전에 삶을 누리고 싶었다. 보드도 타고 자전거도 탔다. 새엄마가 무거워서 찢어진다고 말릴 때까지 트램펄린에서 펄쩍펄쩍 뛰기도 했다. 주말에는 아주 오랜만에 비디오 게임기를 꺼내 돌연변이 괴물들을 때려눕혔다. 말하자면 스트레스를 풀 방법을 모두 동원했다. 기다리면서.

릴리 누나는 자기 아빠가 장-필리프 베르탱 서장과 오늘 오후에 만난다고 알려 주었다. 나는 최악의 상황을 상상하기 싫어서 두 사람이 만나는 장면을 미국 갱스터 영화의 한 장면처럼 머릿속에 그려 보았다.

회색 방 안에서 이루어지는 심문. 철제 책상, 수갑, 철창. 근육질 팔과 문신, 흉터……

효과가 없었다.

나는 페이스북으로 온 아르노의 메시지를 벌써 100번은 들여다본 것 같다. '당신 누구야?'

결국 통화가 된 폴은 아르노에게 답장을 보내야 한다고 했다(지금 상황에서는 안 될 말이지만).

'저는 지금 소나무집에 사는 사람입니다. 우리에게 집을 파셨죠? 그런데 그 집이 보통 집이 아니더군요……. 어떻게 된 건지 알고 싶습니다. 당신 아버지도 만났어요. 저는 30년 전 이 집에서 일어난 일을 알고 싶을 뿐이에요. 말로 모네스티에 드림.'

나는 잠시 망설인 다음 '보내기' 버튼을 눌렀다. 하지만 보내자마자 살인자일지도 모르는 사람에게 내가 누구인지 밝히고 집 주소까지 알려준 셈이라는 걸 깨달았다. 내가 왜 망할 폴의 충고를 들었을까? 그런 짓을 하다니 귀신에 씐 건가?

방금 릴리 누나에게 전화를 받았다. 경찰에서 테이프를 듣고 아르노 프라셰를 소환하기로 했다는 것이다. 물론 그가 거절할 수도 있다. 베르네 씨가 말했듯이 경찰이 물어보고 싶어 하는 문제는 이미 공소 시효가 지났다. 법으로는 그와 그의 아버지를 어찌할 방법이 없다. 하지만 진실을 밝히는 데 공소 시효 따위는 중요하지 않다. 누나는 낙관적이었다.

"아빠가 그러는데, 베르탱 서장이 굉장히 설득을 잘한대. 그러니까 아르노가 분명 나타날 거야."

"그럼 나는? 경찰이 나도 오래?"

"너는 중요한 증인이야. 곧 널 심문하겠지. 프라셰 씨를 만나러 간 일 때문에 나도 심문을 받게 될 거야. 너랑 나는 이제 한배를 탄 거나 마찬가지야."

"알았어. 그 배가 가라앉지 말아야 할 텐데……."

전화를 끊고 나서는 극도로 불안해서 어찌할 바를 몰랐다.

경찰까지 나섰으니 우리는 돌아갈 수 없는 다리를 건넜다. 이제 부모님에게 모든 걸 털어놓아야 한다. 하지만 어떻게 해야 할지 모르겠다.

폴린이 실종된 날짜가 다가오고 있다. 그 생각을 멈출 수가 없다. 그 전에 진실이 밝혀져야 한다. 이상한 소리 같겠지만 만약 8월 26일까지 사건이 해결되지 않으면 왠지 또 다른 비극이 터질 것 같다. 이런 예감에는 다 그만한 이유가 있다. 요 며칠 사이에 그동안 꼭꼭 숨겼던 희미한 기억이 다시 떠올랐다.

소나무집에 이사 온 날 '예감'에 대해 쓴 적이 있다. 비합리적인 개념이지만 나에게는 친숙한데, 잠 못 이루던 며칠 전 밤에 그 이유를 깨달았다. 엄마가 죽던 날도, 이걸 느꼈었다.

이미 말했지만 나는 일곱 살이었다. 그러니까 그때 난 완전히 어린애였다. 그런데 엄마의 차 사고 전날 밤, 악몽을 꿨다. 엄마가 먼 데서 나를 부르며 용서해 달라고 하는 꿈이었다. 나는 꿈속에서 "엄마, 왜 그래, 뭐가 미안해?"라고 물었다. 하지만 엄마는 내 목소리를 듣지 못하고 계속 소리만 질렀다. 간밤에 폴린이 우리를 향해 팔을 내민 것처럼, 엄마를 향해 팔을 벌렸지만 엄마의 목소리는 점점 멀어져만 갔다.

다음 날 아침 나는 아빠에게 악몽을 꿨다고 말했다. 그러자 아빠가 웃었다. "녀석, 엄마 보고 싶지? 걱정 마. 촬영 끝났으니까 곧 돌아오실 거야."

알다시피 엄마는 영원히 돌아오지 않았다.

나는 아르노가 경찰서에 가서 진술하기를 진심으로 바란다. 한밤중에 우리 집에 칼을 들고 나타날까 봐 무섭지만. 또 경찰도 싫지만. 경찰들은 방망이와 최루탄을 들고 바스티유 광장에서 자신들의 권리를 지키려는 무고한 시민을 몰아내는 사람들이다.

물론 과장이란 거 안다. 악의적이라는 것도. 베르탱 서장처럼 진실을 찾는 경찰들도 있고, 위험한 상황에서 생명을 구하는 영웅들도 있다.

다만 나에게 경찰은, 어느 날 갑자기 문 앞에 나타나 엄마가 죽었다고 말하는 사람들이다.

2017년 8월 8일 화요일

오후 5시 30분
흐림

오늘 아침 릴리 누나의 문자메시지를 받았다. '아르노 프라셰가 진술하러 올 거야.'

진술이라……. 대체 뭘 진술하러 오겠다는 건지 모르겠다. 과거의 기억들? 거짓말들? 자신의 문제들? 아니면 시체 얘기?

어젯밤 잔이 자러 올라간 다음 나는 아빠와 새엄마에게 모든 걸 털어놓기로 마음먹었다. 선택의 여지가 없었다.

날은 더웠고 밤공기에서는 좋은 냄새가 났다. 그야말로 기분 좋은 한여름 밤이었다. 마당에서 본 하늘에는 별들이 반짝였고 매미들이 우렁차게 울고 있었다. 아빠와 새엄마는 약간 취해서 기분이 아주 좋은 상태였다. 그런 부모님에게 내가 갑자기 물었다.

"뭐 좀 말씀드려도 돼요?"

두 사람은 중고사이트에서 봐 둔 식기장을 두고 티격태격하다가

(새엄마는 어떻게 해서라도 갖고 싶어 했고, 아빠는 너무 촌스럽다고 했다) 말을 멈추고 진지한 척하면서 나를 바라보았다. 하지만 장난 같은 말다툼에선 아직 벗어나지 못하고 있었다.

"그래. 무슨 얘긴데?"

"어디서부터 말씀드려야 할지 모르겠는데요……."

내가 불안해하는 것 같았는지 부모님의 웃음이 싹 가셨다. 새엄마는 걱정스러운 듯 이맛살을 찌푸렸다.

"아들, 무슨 일이야?"

"폴린이라고 아세요?"

두 사람은 서로를 바라보았다. 아빠가 당황하며 물었다.

"잔이 말하는 상상 친구?"

"그게 좀 복잡해요. 아니면 기가 막힌 우연의 일치예요. 맞아요, 맞아. 사람들은 우연을 믿으니까요. 저는 안 믿지만."

"도대체 무슨 얘기 하는 거야?"

"30년 전에 폴린이라는 여자아이가 실종됐어요. 그 애는 열다섯 살이었고 이 집에 살았었어요."

부모님은 표정이 일그러졌고 마당에 북극 한파라도 몰아친 양 그 자리에 얼어붙었다. '등골 오싹' 클럽에 오신 걸 환영합니다!

"잔이 정말 걱정됐어요. 그래서 조사를 해 보다가 실종 사건을 알게 되었어요. 그러다 더 구체적인 일까지 알게 되어서 말씀드리는 거예요."

"구체적이라고?"

"테이프를 찾았어요. 이야기라고 해야 할지, 고백이라고 해야 할지……. 뭐라고 불러야 할지 모르겠지만 폴린이 실종되기 며칠 전에 녹음한 테이프를 찾았어요. 그리고 그 테이프를 경찰에 넘겼고, 그것 때문에 제가 증언을 하게 될 것 같아요."

아빠와 새엄마는 충격을 받았다. 화를 내야 할지, 걱정해야 할지, 아니면 무서워해야 할지 모르는 것 같았다. 내 생각엔, 아마 셋 다가 맞다.

"테이프는 어디서 찾았는데? 그리고 언제 경찰서에 갔어?"

나는 최선을 다해 설명했다―거짓말과 진실을 섞어서. 그건 님 경찰서에서 조사를 받기 전의 '예행 연습' 같은 거였다. 나는 유령의 목소리도, '생쥐' 이야기도, 잔의 비밀 장소에 대해서도 말하지 않았다. 새벽 3시에 벽을 진동시키는 폴린 유령에 대해서는 더더구나 말하지 않았다. 대신 마야 신전과 조지 클루니, 프라셰 씨의 아들과 장―필리프에 대해서는 말했다.

"릴리 누나의 아빠가 경찰에게 정보를 줬어요. 그다음 일은 릴리 누나가 제게 알려 줬고요."

아빠가 한숨을 내쉬었다.

"그런데 왜 그전에 우리한테 아무 말도 안 했니? 이 엄청난 얘기를!"

나는 어깨를 으쓱했다.

"들으려고 하지 않았잖아요. 저도 말하려고 했어요. 그런데 두 분 모두 본인들의 세계에 갇혀 있었잖아요. 두 분의 행복, 두 분의 인테리어 공사, 두 분의…… 그냥 모든 것에요. 비난하려는 건 아니에요. 두 분이 행복해서 저도 행복해요. 하지만 그러는 바람에 아무것도 보지 못하셨어요. 솔직히 말하면 여기 이사 온 뒤로 잔이 정말 이상하게 굴었는데, 그걸 눈치채지 못했다는 게 이해가 안 돼요. 잔도 이 집이 뭔가 이상하다는 걸 느꼈어요. 잔이 어떤 아이인지 아시잖아요……."

새엄마의 눈에 눈물이 고였다. 새엄마는 자리에서 일어나더니 식탁을 떠났다. 나도 내가 원망스러웠다. 하지만 부모님도 알아야 했다. 나중에 경찰한테서 듣게 되느니 내가 말하는 게 차라리 나았다. 나는 아빠에게 그렇게 설명하려고 애썼다. 얼굴이 하얘진 아빠는 어렵게 침을 삼키며 말했다.

"말로, 넌 잘못한 게 아무것도 없어. 네 말이 맞는다. 우리가 주의를 기울이지 못했다. 네가 걱정하는데도 가볍게 넘겼으니……. 내 잘못이야. 잔과 너는 아주 예민한데 말이지. 너희들 말에 귀 기울이지 않은 내 잘못이야."

"괜찮으니까 걱정 마. 그래도 상황이 상황이니만큼 얘기를 안 할 수가 없었어."

아빠는 식탁을 돌아서 내 옆에 앉았다. 그리고 내 허벅지에 손을 올렸다.

"아들, 미안하다. 정말 미안해. 네가 어떤 일을 겪었는지 상상도 못 하겠어."

"아빠, 그런 일은 누구라도 상상 못 해. 그래도 봤지? 나는 '아마추어 셜록 홈스' 이상이라고!"

2017년 8월 14일 월요일

오전 9시 19분
맑음

성모 승천 대축일인 8월 15일 덕분에 연휴가 길어져서 아르노 프라셰는 주말에 내려올 수 있었다. 이 소식을 나는 릴리 누나에게 들었고, 릴리 누나는 누나 아빠에게 들었고, 누나 아빠는 베르탱 서장에게 들었다. 시골의 장점은 바로 이거다. 모두가 워낙 오랫동안 잘 알고 지내서 '공조'가 완벽하게 이루어진다.

경찰의 요청으로 아르노 프라셰는 직접 차를 몰고 프랑스를 빠른 속도로 가로질러 왔다. 속력을 얼마나 냈던지 '평생 이 순간만을 기다려 온 사람' 같았다. 이건 내가 한 말이 아니라 베르네 씨의 말이다.

방 벽이 기억할 정도면, 범죄자들도 기억상실증 환자가 되기는 어려운가 보다.

어제 아침 나는 릴리 누나의 전화를 받자마자 자전거에 올라타

마을까지 페달을 밟았다. 우리는 샘 옆에서 만났다. 릴리 누나는 샌드위치 반쪽과 귀에 걸린 웃음으로 나를 맞아 주었다.

"드디어 밝혀지는구나!"

"제발 그래 주길. 귀신에 씐 집은 이제 제발 그만! 나는 예전으로 돌아가고 싶어."

"쳇, 과장하기는."

"누나, 정말 이러기야?"

나는 폴린이 내 방 벽을 뚫고 나오려고 했던 일을 누나에게 말해 주었다. 그때까지는 주로 내가 받은 느낌이나 잔이 했던 행동에 대해서만 말했었다. 폴린의 테이프를 찾을 수 있게 해 준 잔의 그림도 보여 주었다. 오늘이 누나에게 초자연적 현상에 대해 처음 고백한 날이다. 누나는 휘둥그레진 눈으로 나를 바라보았다.

"네가 꿈꾼 거겠지. 폴린 사건 때문에 걱정이 많잖아. 네 여동생이랑 경찰도 걱정이었고. 악몽 꾸는 게 당연해."

나는 화가 났다.

"누나도 나를 못 믿어?"

"그게 아니야. 너희 집에서 뭔가 이상한 일이 일어나는 건 틀림없어. 그렇지 않았다면 우리가 여기까지 오지도 않았을 테니까. 하지만 네 얘기는 너무 황당하잖아."

"황당해도 사실이야!"

"말로, 너랑 싸우기 싫어."

나는 죽고 싶었다. 사라지고 싶었고 그 자리에서 땅으로 꺼지고 싶었다. 부끄러움과 절망이 뒤섞였다.

"누나는 내가 이런 얘기를 할 수 있는 유일한 사람이야. 그런데 누나가 나를 못 믿다니……."

"널 못 믿는 게 아니야. 하지만 네가 너무 집착하는 것 같아. 우리 아빠가 사건에 대해서 알아보고 있잖아. 지금 아르노 프라셰가 님의 경찰서에 있어. 그 정도면 충분하지 않아?"

나는 너무 화가 나서 아무런 대꾸도 하지 않았다. 마음을 가라앉히려 애쓰며 정상적인 인간이라면 밤마다 벽에서 나오려고 하는 '여자-남자'의 이야기를 믿지 못한다는 사실을 이해하려고 했다. 그렇다면 우리는 무조건 합리적인 방법을 통해서 '폴린 사건'을 해결해야 한다. 예를 들면 자백 같은……. 나도 모르는 게 아니다. 그리고 분란을 일으키고 싶지도 않다. 나는 침을 한 번 꿀꺽 삼킨 다음 샌드위치 한 입을 베어 물었지만 목구멍으로 넘어가지 않았다. 릴리 누나는 그 커다란 초록색 눈동자로 나를 안타까운 듯 바라보았다.

"내가 원망스럽지?"

"아니야."

"그런걸, 뭐. 나한테 화났잖아."

나는 고개를 들었다.

"내가 열여섯 살밖에 안 된 애라는 거 나도 알아. 하지만 침대 밑에서 괴물을 볼 나이는 지났다고."

누나가 한숨을 쉬었다.

"나도 알지……."

"아니, 누나는 아무것도 몰라. 여기 이사 온 뒤로 모든 게 엉망이야. 내가 파리에 살 때는 별문제 없는 애였어. 비디오 게임 하고, 스케이트보드 타고, 친구들과 커피 마시고, 영화관에 가고 수영하고 축구하는 평범한 애였다고. 밤에는 책 세 장 정도만 읽으면 곯아떨어지는 애였어. 그런데 지금은 이렇게 됐어. 부모님은 대단한 건축가라도 된 척하고 동생은 환청을 들어. 나 혼자 이 난장판을 해결해야 한다고."

"알아, 말로. 하지만 날 원망하지는 마. 나는 아무 잘못 없잖아."

"물론 그렇지. 누나가 내 얘기를 제대로 들어 준 유일한 사람이었을 뿐. 잔이 폴린의 고통을 처음으로 느낀 것처럼. 이 모든 게 비현실적이라는 거 알아. 나도 어떻게 해야 할지 모르겠어. 하지만 누나가 날 괴물 취급하는 건 싫어."

"내가 언제 그랬어?"

나는 숨을 크게 들이마시고 내쉬며 호흡을 가다듬으려 했다. 그리고 갈라진 목소리로 속삭였다.

"아니면 됐고."

"말로, 우리 이 사건 꼭 밝히자."

누나는 내 손을 잡았다. 나는 누나를 똑바로 바라보았다.

"쉽지는 않겠지만, 아르노가 무슨 얘기를 하는지 알아야겠어."

"나도 알고 싶어. 아빠가 무섭게 굴어도 어린 양처럼 순한 사람이야. 상처 입은 어린 양. 네가 아빠의 판도라 상자를 연 거야. 분명 아빠가 어떻게 됐는지 경찰한테 물어볼 거야. 심문 내용을 들을 방법을 알아볼게. 쉽지는 않겠지만 노력해 볼게."

2017년 8월 16일 수요일

오후 3시 40분
맑음

경찰들이 내게 질문을 한답시고 집에 들이닥쳤다. 그럴지도 모른다고 미리 부모님에게 말해 두길 정말 잘했다 싶었다. 오후가 시작될 무렵 베르탱 서장과 제복을 입은 젊은 경관이 문을 두드렸다. 폴린의 목소리를 통해서만 전해 들었던 친구를 실제로 만나니 기분이 묘했다. 사춘기 시절에 그 많은 예쁜 여자아이들을 사로잡았던 장-필리프는 지금 마흔여섯 살이 되었지만 새엄마의 얼굴이 환해졌던 걸 보면 여전히 매력을 풍기는 모양이다. 아빠는 잔을 방으로 올려 보낸 뒤 커피를 내렸다. 우리는 테라스에 자리를 잡았다. 몬스터플랜트들로 둘러싸인 큰 파라솔 밑에, 마치 오래된 친구들처럼 말이다. 두 사람이 내가 어떻게 폴린의 테이프를 발견했는지 묻길래 나는 진실과 거짓말을 적절히 섞어 대답했다. 그리고 침대 밑에 두었던 쿠키 통도 내놓았다.

"와, 소장 각인데!"

젊은 경관이 탄성을 질렀다. 나는 웃음이 났다.

"저도 그렇게 생각했어요. 이베이에 내놓으면 못해도 30유로는 받을 수 있을걸요."

베르탱 서장의 표정이 굳는 걸 보고 우리 둘 다 웃음이 가셨다. 서장과 경관은 프라셰 씨를 만난 일에 대해서도 물었다. 누나도 오늘 아침 같은 질문을 받았다. 누나가 해골 이모티콘을 남발한 장문의 문자메시지를 보내서 어떻게 조사가 진행됐는지 알려 주었다. 이 일기장에 프라셰 씨의 말을 생생하게 적어 놓은 덕분에─아가트 이모, 고마워!─아마도 내가 누나보다 더 정확하게 답한 것 같다. 내가 얘기를 하는 도중에 서장과 경관은 몇 번이나 긴장한 눈빛을 주고받았다. 결국 서장은 내 말을 가로막고 물었다.

"프라셰 씨가 폴린이 샤토에 있다고 말했다고? 정확한 거야?"

나는 고개를 끄덕이며 말했다.

"맞아요. 확실해요. 하지만 의미 없는 소리일 수도 있어요. 프라셰 씨는 정신이 온전하지 않고 말에도 일관성이 없었어요. 프라셰 씨도 조사하실 거예요?"

서장은 어깨를 으쓱했다.

"벌써 찾아가 봤지. 하지만 네가 말한 대로 온전한 정신이 아니더구나. 사실은 우리에게는 아무 말도 하지 않았어. 너와 릴리의 증언이 다야."

"그렇군요. 저희가 조금이라도 도움이 되었으면 좋겠어요."

서장과 경관은 부모님과 얘기를 조금 더 나눈 뒤 자리에서 일어나 타고 온 자동차로 향했다.

나는 이렇게 만남이 끝난 줄 알았는데 서장이 다시 내게 돌아와 물었다.

"말로, 네가 아르노 프라셰에게 페이스북으로 연락했니?"

나는 얼굴이 새빨개졌다.

"네. 죄송해요. 제가 멍청했어요."

서장은 씩 웃었다. 묘하게 비웃음 같은 웃음이었다.

"그래, 멍청한 짓이었어. 그래도 겁을 준 모양이야. 네가 우리를 도운 건 확실해. 네가 없었다면 아르노가 이곳에 내려오지 않았겠지. 하지만 앞으로는 그런 짓 하면 안 된다. 협박죄로 처벌받을 수 있어. 알았지? 네가 이 사건이 얼마나 위험한 사건인지 몰라서 그래."

나는 풀이 죽어 고개만 끄덕였다. 서장은 우리에게 인사를 하고 떠났다.

부모님은 페이스북 메시지 사건 때문에 내 컴퓨터와 휴대폰을 압수했다. 뭐라고 하지도 않은 게 제일 최악이다. 이렇게 해서 나는 절망적으로 세상과 고립되었다.

상황이 상황이었던 만큼 나는 용의자 심문에 대해서는 말도 꺼내지 못했다. 나의 모든 희망은 이제 릴리 누나에게 있다.

#1
심문 조서
아르노 프라셰, 2017년 8월 14일 월요일

서장: 장-필리프 베르탱
용의자: 아르노 프라셰

서장: 프라셰 씨, 1987년 8월 26일에 무슨 일이 벌어졌습니까?

용의자: 오전에 폴린이 저를 만나러 왔습니다. 저는 방에서 책을 읽고 있었는데, 누군가 문을 두드리더군요. 폴린이었습니다. 할 말이 있다고 했어요.

서장: 무슨 말을 하고 싶다고 하던가요?

용의자: 기분이 안 좋아 보였어요. 폴린은 좀 이상할 때도 있었지만 그날은 평소보다 더 이상했어요.

서장: 왜 그렇게 생각했죠?

용의자: 낯빛이 창백하고 부들부들 떨고 있더라고요. 처음에는 아픈 줄 알았어요.

서장: 폴린이 무슨 말을 했죠?

용의자: 제 침대에 앉아서 며칠 전에 못 볼 걸 봤다고 하더군요.

서장: 그렇게 말했어요? '못 볼 것'이라고요?

용의자: 아니요……. 잘 모르겠어요. 30년 전 일이잖습니까. 다시

떠올리려고 애쓰고 있어요.

서장: 좋습니다. 계속 말씀하세요.

용의자: 폴린이 자기 어머니와 저의 아버지가 남부끄러운 상황에 놓인 걸 발견했다더군요.

서장: 더 자세히 말씀해 주시죠.

용의자: 무슨 말인지 잘 아시잖습니까.

서장: 직접 말씀해 주셔야 합니다.

용의자: 폴린이 저의 아버지와 자기 어머니가 성관계를 갖는 걸 봤다고 했어요. 서재에서요. 아버지 서재요. 물론 저는 믿지 않았고요.

서장: 왜 안 믿으셨어요?

용의자: 아버지는 어머니를 사랑하셨으니까요.

서장: 그렇다고 안 될 것도 없죠.

용의자: 아버지는 그럴 분이 아니었습니다. 올바르고 진지한 분이세요. 그리고 아버지가 아니라고 말씀하셨어요. 폴린이 이상한 소리를 한다고요.

서장: 알겠습니다. 그다음에는 무슨 일이 있었습니까?

용의자: 저는 화가 폭발했습니다. 폴린이 왜 그런 거짓말을 하는지 이해하지 못했어요. 우리 가족이 폴린과 폴린 어머니를 수렁에서 건져 줬는데 왜 우리 가족을 욕하는 건지 알 수가 없었습니다.

서장: 수렁이요?

용의자: 우리 집에서 일하게 해 줬다고요. 두 사람에게는 천국이었죠. 1년 내내 좋은 집에서 지냈고, 저희는 기껏해야 한 달에 두 번 정도 갔어요. 방학 때는 조금 더 머물렀지만요. 형편없는 도시의 형편없는 집을 떠나 프랑스 남부에서 월급까지 받으며 편하게 지내지 않았습니까. 부모님이 워낙 인심이 후하셨어요. 그런데 아버지가 나쁜 놈이라고 욕하다니요!

서장: 그래서 화가 나셨습니까?

용의자: 물론 화가 났죠.

서장: 복수하고 싶었나요?

용의자: 그때 저는 겨우 열네 살이었습니다.

서장: 그렇죠. 그래도 복수하고 싶었나요?

용의자: 저는…… 모르겠습니다. 폴린에게 벌을 주고 싶었던 것 같아요. 이상한 소리를 한 것에 대해서, 그런 험담으로 아버지의 명예를 더럽힌 것에 대해서 말입니다.

서장: 그래서 어떻게 하셨어요?

용의자: …….

서장: 프라셰 씨?

용의자: 폴린한테 보여 줄 게 있다고 했어요.

서장: 보여 줄 거요?

용의자: 유기된 새끼 고양이를 봤다고 했습니다. 고양이를 주워다가 지하실에 감춰 뒀다고 했어요. 부모님이 동물을 워낙 싫어하셔

서요.

서장: 부모님이 동물을 싫어하세요?

용의자: 그런 문제가 아닙니다.

서장: 새끼 고양이는 애초에 없었으니까요?

용의자: 네. 그런 건 없었어요. 저는 폴린을 지하실로 데려가서 가 뒀어요. 아버지에 대해 헛소리한 걸 후회하게 될 거라고 소리를 질렀지요.

서장: 그다음에는요?

용의자: 폴린도 소리를 질렀어요. 내보내 달라고요. 하지만 저는 너무 화가 나 있었어요. 폴린이 계단 위에서 문을 두드렸지만 저 는 꿈쩍하지 않았어요. 분이 안 풀려서요.

서장: 그리고요?

용의자: 그리고 저는 와 버렸어요. 집으로 들어가 제 방으로 가서 다시 책을 읽었죠.

서장: 무슨 책이었습니까?

용의자: 잊어버렸어요.

서장: 확실해요?

용의자: 『모비 딕』이었던 것 같습니다. 아버지가 가장 좋아하는 소 설 중 하나예요.

서장: 알겠습니다. 폴린에게 벌을 주려고 지하실에 가둔 다음에는 어떻게 됐죠?

용의자: ······.

서장: 아무것도 하지 않았나요?

용의자: 네.

서장: 얼마나 가둬 두었나요?

용의자: 모르겠습니다.

서장: 언제 꺼내 주었죠?

용의자: 기억이 나지 않아요.

서장: 꺼내 주지 않았던 것 아닙니까?

용의자: 저는 열네 살이었어요······.

서장: 네, 아까도 말씀하셨죠. 어린아이였다고요. 저도 잊지 않았습니다. 아무도 잊지 않아요. 그때 무슨 일이 벌어졌어도 프라셰 씨에게 아무런 처벌을 내릴 수 없다는 것 아시죠?

용의자: 목이 마르네요.

서장: 물 가져다 드리죠.

용의자: 화장실 좀 가야겠습니다.

서장: 알겠습니다, 프라셰 씨. 잠시 쉬도록 하죠.

2017년 8월 19일 토요일

오후 4시 19분
맑음

　당연하게도 우리에게는 조서를 읽을 권한이 없다. 장-필리프 베르탱 서장은 조지 클루니 아저씨와의 우정 때문에 심문 보고서를 그에게 보내 주었다. 그리고 릴리 누나가 아빠의 컴퓨터에서 보고서를 몰래 열어 프린트를 해 왔다.

　누나와 연락할 방법이 없었는데, 내가 바라던 대로 누나는 점심 시간에 우리 집에 와 주었다. 감자를 곁들인 송아지 구이를 준비하던 부모님과 새빨간 유조차를 그리고 있던 잔에게 인사를 한 다음 누나와 나는 내 방으로 올라왔다. 누나는 파란 가죽 가방에서 큰 우편 봉투를 꺼냈다. 나는 흥분했지만 누나의 얼굴은 백지장처럼 창백했다. 그런 모습은 처음 봤다.

　"아빠가 이걸 알면 난 죽은 목숨이야. 이건 완전히 불법이라고."

　누나의 말은 농담이 아니었다. 누나는 손을 벌벌 떨고 있었다. 하지만 나는 두려움보다 호기심이 더 컸던 것 같다.

"누나는 읽어 봤어?"

누나가 심각한 표정으로 고개를 끄덕였다. 내가 봉투에서 보고서를 막 꺼내려던 참이었다.

"앉아서 보는 게 좋을 거야, 말로."

나는 누나 말대로 침대에 앉아서 보고서를 읽기 시작했다. 페이지를 넘길수록 호흡이 가빠졌다. 나는 누나를 쳐다보며 물었다.

"이 사람, 왜 갑자기 말하는 거지? 시간이 한참 지난 지금에서야."

"너 때문이기도 하지. 아빠 말로는 테이프를 듣고 엄청 혼란스러워했대. 자기가 죽인 사람 목소리를 들으면 어떨지 상상해 봐."

나는 힘들게 침을 삼켰다.

"그 사람이 죽였대?"

"어떨 것 같아?"

나는 무슨 생각을 해야 할지 몰랐다. 아르노 프라셰처럼 나에게도 휴식이 필요했다. 그러는 사이 누나는 내 방을 돌아다니며 포스터, 사진, 별종인 나의 물건, 책장에 꽂힌 책, 나의 소중한 영화 잡지 『카이에 뒤 시네마』를 살펴보았다.

"너, 스티븐 킹 좋아하나 봐?"

"누군들 안 좋아해?"

"난 읽은 적 없는데."

"진짜야? 그럼 한 권 가져가. 공포 소설의 거장이잖아."

누나의 손가락이 무지개색 손톱을 자랑하며 책등을 빠르게 훑었다. 그러다 빨간 매니큐어를 칠한 검지가 한곳에서 멈췄다.

"『캐리』?"

"내가 제일 좋아하는 소설 중 하나야. 아니, 최애라고 할 수도 있겠다."

"어떤데?"

"뭐? 설마 영화도 안 봤어? 브라이언 드 팔마 감독 영화 말이야. 리메이크는 형편없고."

"그래, 나는 영화도 문학도 젬병이다. 어쩔래?"

나는 한숨을 쉬었다.

"『캐리』는 사회에 적응을 잘 못하는 여고생 이야기야. 학교 전체가 주인공을 괴롭혀. 집에서도 그렇고. 그러던 어느 날 주인공이 자신에게 초능력이 있다는 걸 깨닫게 돼."

"어떤?"

"염력. 모든 걸 파괴하는 힘이야. 경고하자면 온통 피바다야."

누나는 내 눈을 똑바로 보며 심각하게 말했다.

"누군가를 괴롭히는 사람들은 모두 없애 버려야 한다고 생각해?"

나는 어깨를 으쓱하며 대답했다.

"이건 현실이 아니라 책이야, 누나."

누나는 책장에서 『캐리』를 뽑아 들고 내 옆에 와서 앉았다. 그리고 턱으로 보고서를 가리키며 말했다.

"계속 읽어."

#2

심문 조서

아르노 프라셰, 2017년 8월 14일 월요일

서장: 프라셰 씨, 8월 26일로 다시 돌아갑시다.

용의자: 그날 폭풍우가 일었습니다.

서장: 그렇군요. 이 지역에 폭풍우가 자주 불지요. 그날은 특별했나요?

용의자: 네, 아주 심했어요. 하늘에 구멍이 뚫린 것처럼 비가 왔죠.

서장: 그때 어디에 있었습니까?

용의자: 집에 있었습니다.

서장: 모두요? 부모님도, 솔랑주 가르디네도요?

용의자: 네. 폴린만 빼고요.

서장: 폴린의 어머니가 걱정했을 텐데요. 프라셰 씨 말처럼 비가 억수처럼 왔다면요.

용의자: …….

서장: 프라셰 씨?

용의자: 네.

서장: 당신은 폴린이 어디 있는지 알고 있지 않았습니까?

용의자: 네.

서장: 모두가 폴린을 찾았을 텐데요. 아무 말도 안 했습니까?

용의자: …….

서장: 아무 말도 안 했습니까?

용의자: 무서웠습니다.

서장: 뭐가요?

용의자: 혼날까 봐요.

서장: 바깥은 지옥인데, 당신은 겨우 혼날까 봐 무서웠다고요?

용의자: 저는 열네 살 꼬마였어요!

서장: 흥분하지 마십시오, 프라셰 씨. 그저 무슨 일이 일어났었는지 알고 싶을 뿐입니다.

용의자: 말할 용기가 나지 않았어요. 폴린이 지하실에 갇혀 있다는 걸요. 도저히 용기가…….

서장: 알겠습니다. 그 뒤엔 어떻게 됐죠?

용의자: 폭풍우가…….

서장: 폭풍우가요?

용의자: 폭풍우가 모든 걸 쓸어 버렸어요. 마당도, 지붕 일부도. 빗물이 들이쳤어요.

서장: 무슨 말씀이시죠?

용의자: …….

서장: 커피 한잔 가져다 드리죠.

용의자: 차로 주세요.

서장: 차요? 알겠습니다. 혹시 시장하신가요?

용의자: 아닙니다.

(휴식)

서장: 이제 좀 괜찮으신가요?

용의자: 괜찮습니다…….

서장: 아까 빗물이 들이쳤다고 하셨죠?

용의자: 빗물이 지하실로 흘러들어 갔어요.

서장: 그래서요?

용의자: 물과 함께 토사도 쓸려 들어갔습니다…….

서장: 그때 어디 계셨습니까?

용의자: 집에 있었습니다.

서장: 비를 피해서요?

용의자: …….

서장: 집에서 아버지, 어머니, 솔랑주 씨와 함께 비를 피하고 있었
군요. 비가 그렇게 오는데 폴린은 지하실에 있었고요.

용의자: 네.

서장: 그런데 계속 아무 말도 안 하셨고요.

용의자: 무서웠습니다.

서장: 혼날까 봐요? 지금 무슨 말을 하는지 알기나 해요?

용의자: 네.

서장: 안다고요?

용의자: 지난 30년 동안 편히 잠을 잔 적이 없습니다. 30년 동안 그 비밀에 시달렸어요. 그러니 무슨 말인지 아주 잘 압니다. 하지만 말했잖아요! 그때는 제가 어렸다고!

서장: 그다음에는 무슨 일이 있었습니까?

용의자: 비가 계속 내렸습니다. 온종일 점점 더 세차게 내렸죠. 솔랑주 씨가 결국 딸이 실종됐다고 신고했고요.

서장: 경찰이 왔나요?

용의자: 네. 소방대도 왔습니다. 경찰들이 우리에게 질문을 했어요. 다들 아무것도 몰랐고요. 무슨 말인지 아시겠죠?

서장: 네, 알겠습니다. 계속하세요.

용의자: 폴린을 찾으려고 수색을 시작했지만 날이 너무 안 좋았어요. 경찰은 폴린이 집을 나갔거나, 길을 잃었거나, 비가 그칠 때까지 기다리려고 어딘가에 몸을 피해 있을 거라고 생각했습니다. 곧 돌아올 거라고요.

서장: 하지만 당신은 폴린이 돌아오지 않는다는 걸 알고 있었죠.

용의자: 아뇨, 아니에요. 몰랐습니다……. 저도 폴린이 돌아올 거라고 생각했습니다. 그래서 무서웠고요.

서장: 지금 농담하는 겁니까?

용의자: 지하실에 물이 찬 걸 그땐 몰랐어요. 비가 그치면 가서 열

어 줄 생각이었다고요. 폴린이 당연히 화를 낼 테니까 입을 다물게 할 궁리를 했죠. 폴린과 폴린 어머니를 협박할 생각이었어요. 정말 꺼내 주려고 했고 폴린이 아무 말도 못할 거라고 생각했어요. 두 사람이 떠나면 모든 게 예전으로 돌아갈 거라고…….

서장: 폭풍우는 다음 날 오후에나 그쳤죠.

용의자: 네.

서장: 그리고 당신은 폴린을 꺼내 주고 싶었고요.

용의자: 네.

서장: 그런데 생각대로 일이 풀리지 않았죠.

용의자: 네.

서장: 지하실에 갔을 때 무슨 일이 있었죠?

용의자: …….

서장: 프라셰 씨?

용의자: …….

#3

심문 조서

아르노 프라셰, 2017년 8월 14일 월요일

서장: 기분이 어떠세요?

용의자: 끝났으면 좋겠습니다. 다 끝나기를 30년 전부터 바라고 있었어요…….

서장: 이해합니다. 아무튼 여기까지 오셨으니 잘하셨습니다. 해야 할 일을 하신 겁니다, 아르노. 아르노라고 불러도 되겠죠?

용의자: 네…….

서장: 계속하세요.

용의자: 폴린을 꺼내 주고 싶었지만 문이 열리지 않았어요. 토사와 나뭇가지들이 쌓여서요.

서장: 문 위에요?

용의자: 땅바닥에 난 문입니다. 지금도 그럴걸요. 가 본 지 한참 됐지만요. 집을 팔 때도 부동산에만 갔습니다. 집을 처분해 줄 업자를 고용했고요.

서장: 네, 당신 같은 경우 대부분 그렇게 하죠. 그래서요? 어떻게 했습니까?

용의자: 나뭇가지를 치우고 삽을 가져와서 진흙을 긁어냈어요. 너무 힘들었고 한참 걸렸죠.

서장: 결국 문은 여셨어요?

용의자: 너무 늦었죠. 폴린은……. 말하지 않아도 아시겠죠.

서장: 네, 하지만 아르노 씨에게서 직접 들어야겠습니다.

용의자: 지하실로 내려갔는데 물이 너무 많이 차 있었습니다. 가슴까지요. 그리고 토사도 너무 많았고…… 끔찍했어요.

서장: 폴린은 죽어 있었죠?

용의자: 네.

서장: 그래서요? 지하실을 나갔습니까?

용의자: 울었습니다.

서장: 울었다고요? 알겠습니다.

용의자: 어떻게 해야 할지 몰랐습니다. 그래서 아버지에게 모든 걸 털어놓았어요.

서장: 혼나는 게 더는 무섭지 않았나 보죠?

용의자: …….

서장: 그리고요?

용의자: 아버지에게 말하니 자기가 해결하겠다고 했습니다.

서장: 아버지가 어떻게 했는지 알고 있나요? 문제를 해결하기 위해서요.

용의자: 잘 모릅니다.

서장: 어쩌다 그런 일이 생겼는지 아버지에게 설명했나요?

용의자: 폴린이 아버지에 대해 이상한 소리를 했다고 말씀드렸어

요. 아버지가 거짓말이라고 했고요. 그리고 "나는 네 엄마를 사랑해. 그런 짓은 절대 하지 않아"라고 했습니다.

서장: 그 말을 믿었나요?

용의자: ……

서장: 아르노 씨, 그 말을 믿었나요?

용의자: ……

2017년 8월 21일 월요일

오전 10시 37분
맑음

토요일에 보고서를 읽고 나는 적잖이 충격을 받았다.

이 망할 집에서 무슨 일이 벌어졌는지(적어도 대충은) 드디어 알게 되었다고 부모님에게는 물론 말하지 못했다. 릴리 누나와 나는 보고서를 가로채는 불법을—또!—저질렀기 때문이다. 누나의 아빠는 눈치채지 못한 것 같지만 우리 둘 다 조심해야 한다. 다행히 부모님과의 협상에 성공해—우울한 사춘기 소년 행세는 꼭 성공한다—휴대폰을 돌려받을 수 있었다. 그 뒤로 누나와 나는 경찰 조사가 발표되기를 기다리며 많은 대화를 나눴다. 끔찍한 사건을 혼자만 알고 있지 않고 대화로 푸니 기분이 한결 나아졌다.

우리의 잠을 설치게 하는 가장 중요한 문제는 간단했다. 폴린의 시신을 찾을 수 있을까?

확실한 건 없었다. 아르노는 아버지가 폴린의 시신을 어떻게 처리했는지 모르는 것 같고, 프라셰 씨는 폴린이 샤토에 있다고 우리에게 말했지만 그건 아마 엉뚱한 소리였을 것이다. 30년이라는 세월과 폭풍우, 흘러내린 토사, 산불……. 이 지역에 빈번한 자연재해를 생각하면 솔직히 내 전망은 아주 낙관적이지는 않았다. 아마 패배주의에 더 가까웠을 것이다.

오늘 아침까지는.

오늘 아침에는 일찍 일어났다. 뜨거운 태양이 세상을 녹이기 전에 마당에 나가고 싶었기 때문이다. 매일 밤 끔찍한 악몽을 꾸기 때문에 어차피 여유 있는 아침을 맞는 것도 불가능했다. 잠을 못 자니 비몽사몽이었고 잠이라도 깰까 싶어 뜨거운 물로 오랫동안 샤워를 했다.

여기까지는 이상할 게 없었다.

나는 샤워를 마치고 나와 수건으로 몸을 닦았다. 긴 샤워 덕분에 욕실에는 수증기가 가득했다. 뭔가 이상한 낌새를 느낀 건 수증기가 사라지기 시작할 즈음이었다.

'고마워.'

거울 표면에, 누군가가 손가락으로 적은 글씨가 나타났다.

나는 깜짝 놀라 그 자리에 얼어붙었다. 하지만 무섭지는 않았다. 나는 입가에 미소를 띤 채로 그 세 글자를 사라질 때까지 한참 바라보았다. 잔이 썼다고 하기에 거울은 너무 높은 곳에 달려 있다. 그리고 잔은 아직 자고 있다. 욕실에 가기 전에 자기 방에서 자는 걸 확인했다.

누군가가 '고마워'라고 쓴 것이다.

그리고 그 누군가는 폴린일 수밖에 없다.

지금은 폴린의 시신을 찾을 수 있으리라고 확신한다. 아마 벌써 찾았을지도 모른다. 여자—남자는 나에게 작별 인사를 하러 왔던 거다.

2017년 8월 22일 화요일

오후 4시 19분
맑음

아르노의 자백 이후 경찰은 마야 신전, 그러니까 '샤토'로 갔다. 그리고 닷새 동안 수색을 했다. 커다란 굴착기와 대단한 참을성을 동원하여 그들은 마침내 폴린을 찾았다. 폴린의 유해를.

주변을 파 보다가 무덤 아닌 무덤─폴린의 시신은 건물의 가장 후미지고 가장 많이 무너진 북쪽에 묻혀 있었다─을 발견한 거다. 나는 본능적으로 이 장소를 '마야 신전'이라고 불렀다. 그리고 실제로 마야의 신전 중 일부는 묘지로 쓰였다…….

이 소식은 물론 신문의 1면을 장식했다.

아르노의 진술과 폴린의 기묘한 이야기, 그리고 내가 프라셰 씨와 비공식적으로 나눈 대화 사이에서 진실은 상상에 맡길 수밖에 없다. 아르노가 자백하자 경찰은 다시 프라셰 씨를 만나러 202호를 방문했다. 그러나 헛수고에 불과했다. 프라셰 씨는 자신의 고장 난 뇌에 갇혀 입을 꾹 다물었다. 어쩌면 일부러 그런 걸지도 모르겠다. 아무튼 그에게서는 아무것도 알아낼 수 없었다.

하지만 릴리 누나와 나는 폴린의 죽음을 재구성했다. 어쩔 수 없이 진실은 일부분일 뿐이고 각색된 부분도 있겠지만 실제로 벌어진 일과 꽤 가까울 가능성이 크다. 우리는 주어진 정보를 결합하고 알려진 요소들을 섞어 공백을 메우려 했다.

1987년 8월 26일, 폴린은 결국 아르노의 방에 들어갔다. "너희 아빠가 우리 엄마랑 자." 부모님, 특히 아버지를 영웅처럼 생각하던 아르노는 그런 비난을 참지 못했다. 아르노는 가정부의 딸을 꾀어내서 지하실에 가뒀다. 그저 혼만 내 주고 싶었을 것이다.

많은 비가 내렸지만 아르노는 자신의 큰 죄를 고백하지 못했다. 우선, 자신이 나쁜 짓을 저질렀다는 것을 알았기 때문이다. 여자아이를 지하실에 가두는 것은 단순한 장난이 아니다. 둘째, 왜 그런 짓을 저질렀는지 설명해야 했기 때문이다. 여기에 대해서는 프라셰 씨의 말이 맞았다. 아르노는 아버지를 보호하고 싶어 했다. 그리고 어머니가 그 사실을 모르기를 바랐고, 그렇게 해서 자신이 세상 그 누구보다 사랑하는 가족이 해체되는 것을 막고 싶었다.

그러나 그사이, 거실에서 모두가 폴린을 걱정하고 있는 사이, 겁에 질린 솔랑주가 경찰에 연락하고, 어린 아르노가 속으로 갈등하는 사이, 지하실에서는 물이 무자비하게 솟구쳐 오르고 있었다.

지하실에 갇힌 폴린이 시시각각 빗물과 진흙이 차오르는 걸 보고 얼마나 겁에 질렸을지 생각하면 가슴이 저민다. 죽어 가는 걸 느끼며 아마 목청이 터져라 소리를 질렀겠지. 하지만 아무도 그 소리를 들을 수 없었다. 큰 자연재해가 마을 전체를 덮쳤으니 말이다. 어둠 속에 홀로 갇힌 선샤인은 시간이 갈수록 희망을 잃었을 것이다.

폴린은 그날 새벽 3시에 죽었을까?

내 생각에는 그런 것 같다.

다음 날 오후에 폭풍우가 그친 다음 아르노는 지하실 문을 열러 갔다. 아마 "폴린! 폴린!" 하고 이름을 외쳤을 것이다. 하지만 빗물이 이미 모든 것을 삼켜 버렸다. 폴린은 이미 몇 시간 전 진흙 속에 갇힌 채 숨이 막혀 먼 곳으로, 이 세상과 아주 먼 곳으로 떠났다. 폴린은 산 채로 무덤에 갇혔다. 그날, 자기도 모르게 살인자가 되었다는 것을 깨달은 어린아이의 심정은 어땠을까. 마음이 아프다. 게다가 나는 그 아이의 방에서 잠을 잔다…….

공포와 절망에 휩싸인 아이는 아버지에게 모든 것을 털어놓았다. 세상에서 가장 힘이 센 '아빠'는 '문제를 해결'했다.

'아빠'는 거대했고, 폴린은 왜소했다. 아르노의 아빠는 칠흑 같은 밤 폴린의 시신을 숨겼다(가방에 넣었을까? 캐리어에?). 삽 한 자루를 든 아빠는 가방을 갖고 소나무집에서 멀리 떨어진 곳으로 갔다. 아마 자동차 트렁크에 가방을 싣고 멍한 상태로 숲 입구까지 운전했을 것이다. 릴리 누나와 내가 소풍을 즐겼던 바로 그 장소로. 그는 차를 세우고 샤토까지 시신을 옮겼다. 그리고 땅을 파기 시작했을 것이다.

그도 눈물에 젖었을 것이다. 자신이 저지르는 일이 평생 그를 괴롭히리라는 것을 잘 알고 있었을 테니 말이다.

샤토는 늘 악명이 높았다. 그곳에서 폴린의 시신을 찾는다고 해도, 놀라는 사람이 있을까? 프라셰 가족을 떠올리는 사람은? 도시에서 온 부유한 골동품상이자, 지역의 자선사업에 넉넉하게 후원하는 인심 좋은 부부. 모두가 부러워하는 그 가족을?

운이 좋다면 아무도 시신을 찾지 못할 것이다.

그리고 실제로 아무도 폴린을 찾지 못했다.

2017년 9월 1일 금요일

오후 4시 19분
맑음

며칠 있으면 개학이다. 하지만 내 마음은 평화롭다. 정말 이상한 여름을 보내서인지 무엇이든 겁날 게 없다.

폴이 부활절 방학에 놀러 오기로 약속했다. 귀신이 떠났다는 소리에 '실망'했다고 했지만 말이다. 놀라운 건, 내 말을 다 믿어 줬다는 거다. 릴리 누나처럼 그런 척만 한 걸까? 아무튼 그건 중요하지 않다. 잔과 나는 알고 있으니까. 진실의 일부는 드러났다. 폴린의 어머니인 솔랑주 가르디네는 딸의 무덤을 만들 수 있었다. 그렇다고 죄책감이 사라지지는 않을 것이다. 불륜만 저지르지 않았다면 이 모든 비극은 일어나지 않았을 텐데……. 베르탱 서장과 베르네 씨는, 젊은 시절 자신들의 삶을 바꾸어 놓은 사건과 드디어 작별하게 되었다. 아르노는 이제 편히 잘 수 있을 것이고, 프라셰 씨는 편히 저세상으로 떠날 수 있을 것이다. 말이 '편히'지, 지금까지 두 사람의 삶이 어땠을지 상상이 안 된다. 지난 30년간 끔찍한 비밀을 간직하고 살다니! 어떤 면에서는 제대로 벌을 받은 셈이다. 침묵의 대가로 영원히 죄책감에 시달려야 했으니 말이다.

그렇다면 선샤인을 위한 정의가 실현됐다고 할 수 있을까? 그건 말하기 어렵다.

아무튼 집은 다시 조용해졌다. 이상한 소리지만, 꼭 인스타그램에서처럼 필터가 한 겹 벗겨진 것 같다. 이 집은 여전히 먼지가 많고 누리끼리하지만 이제 우리 집이 되었다. 새엄마와 잘 얘기해서 '리빙룸'을 '식당'으로 부르기로 했다. 새엄마는 내 제안에 웃음이 터졌다. 엉뚱한 말장난이나 한다고. 하지만 새엄마는 약속을 지켰다. 우리에게 지옥을 맛보게 해서 미안했던 걸까? 그래도 나는 이곳에서 잘 지낼 것 같다. 한적한 삶도 좋은 점이 있다. 맑은 날씨가 싫지 않은 것도 사실이다.

나는 폴과 함께 폴린의 이야기를 다룬 만화를 만들기 시작했다. 내가 시나리오를 쓰고, 폴이 그림을 그린다. 놀러 오기 전까지 폴이 영감을 받을 수 있도록 집, 마을, 몬스터플랜트들을 사진 찍어 메일로 많이 전송해 주었다. 릴리 누나가 첫 몇 장을 읽어 보더니 탄성을 질렀다.

"와, 말로! 너 정말 재능 있구나!"

누나의 감탄이 나에게 동기부여가 된 게 사실이다. 나도 누나의 로커 남자친구처럼 누나에게 용기를 주었다. 결국 누나는 님 대학교 심리학과에 등록했다. 내가 만난 가장 예쁜 우체부인 누나가 일

흔 살까지 편지 배달하는 일은 결국 일어나지 않을 일이 되었다.

2017년 8월 27일, 30년이 지나서야 우리는 폴린을—다시—묻었다. 이번에는 제대로 격식을 갖추었다. 솔랑주 씨는 클레르몽–페랑 근교에 살지만 딸이 이곳에 묻히기를 원했다. 폴린이 여러 사건에도 불구하고 매우 행복해했던 곳이기 때문이란다. 이제 예순 살이 넘은 솔랑주 씨의 주름진 얼굴이 오랫동안 불가능했던 애도의 세월을 말해 주었다.

내 친엄마의 장례식 날처럼 그날도 이상하리만치 화창했다. 한편으로는 기분이 좋았다. 비합리적이고 실없는 소리 같지만, 실수를 저질러도 빛을 버리지 않는 사람들을 위해서 태양이 빛나고 있다고 생각했기 때문이다. 좋은 사람들은 비가 오는 날 흙 속에 묻히고, 나쁜 놈들은 양지에 묻힌다.

그럼에도 불구하고…….

우리는 드디어 폴린을 묻었다. 내 손은 잔의 손을 잡았고, 잔의 손은 릴리 누나의 손을, 릴리 누나의 손은 제롬의 손을 잡았다. 뒤에 서 있던 부모님은 아직도 얼떨떨한 상태에서 서로 꽉 껴안았다. 베르탱 서장과 지역 경찰들이 모두 참석했고, 우체국의 브리지트 할머니와 릴리 누나의 부모님도 와 있었다. 한 번도 만난 적이 없는 조문객 수십 명이 있었다. 아마 언젠가 모두를 알게 되겠지? 내 또래 아이들도 있었는데, 그중 예쁘장한 금발 아이가 나를 보고 웃었다—지금은 그 아이 이름이 조제핀이고 운이 좋으면 우리가 같은 반이 될 거라는 걸 안다.

흰 장미로 둘러싸인 검은 관 위에 나는 샹들리에 장식 조각을 올려놓았다. 크리스털의 반짝임은 마치 여자−남자가 살아 있는 사람들의 세상에 날리는 마지막 윙크 같았다.

식이 진행되는 동안 잔이 내 손을 잡아끌었다. 내가 몸을 기울이자 잔은 귓속말로 속삭였다.

"폴린을 감옥에서 꺼내 준 거 맞지?"

"맞아. 이제 영원히 잠을 잘 거야. 다 네 덕분이야."

갑자기 이런 생각이 들었다. 만약 폴린이 살아 있다면 어떻게 되었을까? 솔랑주 씨는 폴린이 과학을 좋아했고 그중에서도 생물학과 인체에 관심이 많았다고 말했다. 그렇다면 마리 퀴리처럼 과학자가 되었을까? 아니면 의사가 되어 우리 목숨을 구해 주지 않았을까? 어쩌면 에이즈 백신이나 암 치료제를 개발하지 않았을까?

안타깝게도 그건 영원히 알 수 없다.

그날은 내 짧은 생에서 두 번째 맞는 장례식 날이었다. 일곱 살에는 너무 어려서 죽는다는 게 무슨 뜻인지 이해하지 못했지만 지금은 훨씬 잘 이해한다. 어떤 의미에서는 너무 일찍 떠난 엄마의 부재를 받아들이기 시작한 것 같다.

장례식이 끝난 뒤 우리는 베르네 씨의 바에 마련된 뷔페로 이동하기로 했다. 그런데 묘지를 뜨기 전 새엄마가 갑자기 흥분했다.

잔이 보이지 않았던 것이다. 소나무집 마당에서 사라졌던 것처럼 온데간데없었다. 우리는 사방으로 흩어져 잔을 부르기 시작했다. 그러다가 묘지 건너편 끝에서 내가 겨우 잔을 찾아냈다. 잔은 모르는 사람의 무덤 앞에 놓인 대리석 묘비를 보고 있었다. 그리고 또다시 보이지 않는 누군가와 한창 대화를 나누고 있었다.

"사랑은 문제야. 스위치를 켜면 들어오는 전기 같은 거야. 어떨 때는 있다가 갑자기 사라지는 거지."

잔이 어른처럼 낮은 목소리로 말했다. 나는 조심스럽게 잔에게 다가갔다.

"잔, 누구랑 말하는 거야?"

잔은 고개를 돌려 나를 보며 웃었다.

"세실리아. 잘 지내긴 하는데 심심해서 나랑 얘기하고 싶대."

나는 흰 대리석에 황금색으로 새겨진 묘비명을 읽었다.

'세실리아 네이이 – 1867년 1월 25일~1888년 4월 13일'

스물두 살에 죽다니……. 상사병인가? 자살인가?

그러고 보니 알겠다. 선샤인이 고맙다고 잔에게 뭔가 남겨 둔 거다. 그게 선물인지 저주인지는 모르겠다. 웃어야 할지 울어야 할지도 모르겠다. 하지만 한이 있는 망자들에게 이제 그들의 이야기를 들어 줄 사람이 생겼다. 나는 잔의 손을 잡았다. 작고 부드럽고 따뜻했다. 우리는 폴린에게 건배하기 위해 뷔페로 향했다.

초자연적으로 파란 하늘에 태양이 눈부시게 빛나고 있었다.

감사의 말

카린 반 보름호우트, 페린 파라조, 마이릴스 드 라쥐지는 영감을 주는 편집자들입니다.

오스카르 나바, 리타 멜를, 마린 아부, 마리 브로셰, 나탈리 '슈발리에' 쿠데르크는 저의 원고를 처음으로 읽어 주었습니다.

벤자맹 에그는 카브리에르의 사진과 지리 관련 정보를 제공해 주었습니다.

공소 시효 문제와 관련하여 도움을 준 모든 분에게 감사합니다. 베랑제르 페라, 제시카 페롱, 사라 카담에게 특별히 고마움을 전합니다.

스티븐 킹과 그를 따라다니는 악몽에게 감사합니다!

밤을 걷는 여자아이

초판 인쇄 2023년 3월 23일 **초판 발행** 2023년 3월 23일

지은이 델핀 베르톨롱 **옮긴이** 권지현

펴낸이 남영하 **편집** 전예슬 김주연 김가원 **디자인** 박규리 **마케팅** 김영호 변수현

펴낸곳 ㈜씨드북 **주소** 03149 서울시 종로구 인사동7길 33 남도빌딩 3F **전화** 02) 739-1666 **팩스** 0303) 0947-4884

홈페이지 www.seedbook.co.kr **전자우편** seedbook009@naver.com **인스타그램** instagram.com/seedbook_publisher

ISBN 979-11-6051-490-2 (43860)

CELLE QUI MARCHE LA NUIT

by Delphine BERTHOLON

ⓒ Editions Albin Michel – Paris 2019

Korean Translation Copyright ⓒ SEEDBOOKS Co., Ltd. 2023

All rights reserved.

This Korean edition was published by arrangement with Editions Albin Michel (Paris)

through Bestun Korea Agency Co., Seoul.

이 책의 한국어판 저작권은 베스툰 코리아 에이전시를 통해 저작권자와 독점 계약을 맺은 ㈜씨드북에 있습니다.

저작권법에 의해 한국 내에서 보호를 받는 저작물이므로 무단 전재와 무단 복제를 금합니다.

● 책값은 뒤표지에 있어요. ● 잘못 만들어진 책은 구입하신 서점에서 바꾸어 드려요. ● 씨드북은 독자들을 생각하며 책을 만들어요.